왜 역사 제대로 모르면 안 되나요? - 고려(하)

왜 역사 제대로 모르면 안 되나요? – 고려(하)

1판 1쇄 펴냄 2014년 12월 29일

지은이 구원경
그린이 이종은
편집 박경화, 최민경, 황설경, 이은영, 유나리
마케팅 송만석, 한아름

펴낸이 하진석
펴낸곳 참돌어린이

주소 서울시 마포구 독막로 15길 3-13
전화 02-518-3919
팩스 0505-318-3919
이메일 book@charmdol.com
신고번호 제313-2011-157호
신고일자 2011년 5월 30일

ISBN 978-89-97592-72-2 64800

왜 **역사** 제대로모르면 안 되나요? 고려(하)

구원경 지음 · 이종은 그림
김봉수 · 배성호(전국초등사회교과모임 공동 대표) 감수

참돌어린이

2015학년도부터 적용되는 초등학교 교육 과정의 초등 역사과에서는 고려 시대를 '세계와 활발하게 교류한 고려'라는 이름의 한 단원으로 구성하고 있어요. 고려 시대의 역사를 인물의 활동을 중심으로 파악하면서 여러 차례의 외침을 극복하고 주변 국가와 활발히 교류한 고려의 문화유산과 생활 모습을 이해하는 것을 교육 과정 내용으로 삼고 있어요.

이 책《왜 역사 제대로 모르면 안 되나요? - 고려(상), (하)》에서는 초등학생이 꼭 알아야 할 고려의 역사적 인물과 사건 그리고 대표적 문화유산 등을 제대로 다루고 있어요. 이 책의 특별한 점은 당시 고려 시대를 살았던 사람들의 생생한 이야기를 통해 흥미진진하게 역사를 살펴볼 수 있도록 구성한 점이에요.

고려 시대 때 학교와 비슷한 교육 기관을 세워 인재 양성에 이바지한 인물, 역사서를 편찬한 인물, 과학 기술 발전에 이바지한 인물뿐 아니라 다양한 문인과 예술가 등을 살펴 고려의 모습에 신선하게 다가설 수 있어요. 덕분에 고려 사람들의 생활과 사회를 한결 다채롭게 헤아려 볼 수 있지요. 이와 함께 고려를 대표하는 문화유산에 대한 설명을 찬찬히 읽다 보면 어느새 고려 당시의 생활과 문화를 자연스럽게 알아볼 수 있어요.

더불어 고려 때 불교가 사람들의 생활에 미친 영향을 읽어 가는 것도 흥미로워요. 연등회 등 다채로운 불교 행사와 부처의 힘으로 나라의 어려움을 이겨 내고자 했던 고려 시대 사람들의 중요한 세계관을 새롭게 살필 수 있기 때문이에요.

고려 시대는 활발한 국제 교류로 다양한 문화 속에 개방적이고 다원적인 사회를 이루어 나갔어요. 물론 몽골의 침입 등으로 힘겨운 시기를 맞기도 했지만, 고려 사람들은 이를 극복하기 위해 많은 노력을 기울이면서 힘차게 생활해 나갔답니다.

우리 어린이들이 꼭 알아야 할 고려 시대 500년의 역사 이야기를 다루고 있는 이 책을 통해 신 나고 재미있는 역사 공부를 시작해 보세요!

김봉수, 배성호

차 례

부록

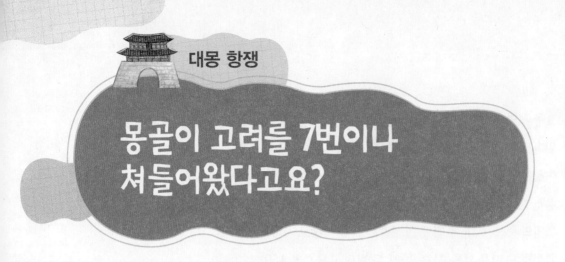

몽골이 고려를 7번이나 쳐들어왔다고요?

고려가 몽골과 처음 만난 것은 1206년이었어요. 몽골을 통일한 칭기즈 칸은 세계의 여러 나라와 싸우며 영토를 넓혀 갔어요. 거란도 몽골군에게 쫓겨 지금의 평양에 해당하는 서경까지 도망왔지요. 서경에 온 거란이 백성들의 재산을 빼앗고 괴롭히자, 고려는 거란을 몰아내려고 했어요. 이때 몽골군도 거란을 몰아내는 데 도와주었어요. 그런데 몽골군은 그 대가로 고려에게 형제 관계를 맺어 조공을 바치라고 요구했지요.

"우리가 거란을 몰아내도록 도왔으니 앞으로 조공을 바치라!"

그렇게 고려와 몽골은 외교를 맺었어요. 몽골은 매번 무리한 요구를 했어요. 고려는 힘들게 물건을 마련해서 바쳐야 했지요. 그러던 어느 날, 몽골의 사신이 몽골로 돌아가다가 살해되었어요. 그러자 몽골은 1231년에 이 일을 계기로 고려를 쳐들어왔어요.

몽골군에게 수도인 개경이 포위되자 고려는 서둘러 화해를 청했어요. 몽골은 고려의 정치에 간섭할 수 있는 권한과 함께 해마다 많은 조공을 바치도록 요구했어요. 하는 수 없이 고려는 약속했고 몽골은 물러났지요. 그런데 당시의 최고 권력자 최우는 강화도에 가서 몽골과 싸워야 한다고 주장했어요.

"몽골군은 물에 약하다고 들었소. 강화도로 수도를 옮기고 다시 맞서 싸웁시다!"

최우의 주장으로 제23대 왕 고종을 비롯한 관리들과 개경 백성들이 강화도로 피난을 갔어요. 항복한 줄로 안 고려가 수도를 옮겼다는 소식에 몽골은 다시 고려로 쳐들어왔어요. 강화도로 피하지 못한 개경 백성들은 공포에 떨어야 했지요.

몽골의 침입은 1259년까지 일곱 차례나 이어지다가, 결국 고종이 몽골에게 화해를 청하면서 끝났답니다.

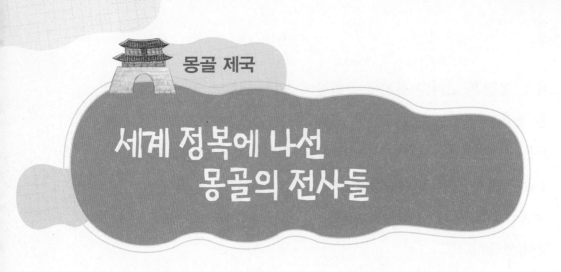

세계 정복에 나선 몽골의 전사들

언제나 탁 트인 하늘과 초원을 보고 사는 몽골 사람들은 실제로 시력이 좋다고 해요. 그래서 멀리서도 한 번에 활로 명중을 시킬 수 있대요. 아주 멀리에 있어 점처럼 보이는 동물도 단번에 총으로 쏘아 맞힐 수도 있고요. 넓은 초원에서 늘 말을 타고 달려서 말타기 솜씨도 훌륭하답니다.

몽골은 유목 민족이었어요. 유목은 한곳에 정착하지 않고 이동하

면서 살아가는 것을 말해요. 그런데 유목 민족이었던 몽골이 어떻게 해서 중국에 원나라를 세웠을까요?

몽골 지역에는 원래 수십 개의 부족이 있었어요. 그러던 것을 1206년에 몽골 제국을 세운 테무친이 모두 통일했어요. 황제가 된 테무친은 칭기즈 칸이라고 불렸어요. 칸은 몽골에서 황제를 뜻하는 말로, 칭기즈 칸은 위대한 지도자라는 뜻이에요.

칭기즈 칸은 몽골군을 이끌고 세계 정복에 나섰어요. 아시아에서 유럽까지 여러 나라가 몽골에게 무너졌지요. 영토가 넓어지자 칭기즈 칸은 아들들에게 땅을 나누어 다스리게 했어요.

그중 쿠빌라이는 칭기즈 칸의 손자로, 중국 땅을 정복하고 원을 세웠어요. 황제의 호칭도 칸에서 세조로 바꾸었지요. 대원 제국은 이렇게 해서 탄생하게 되었답니다.

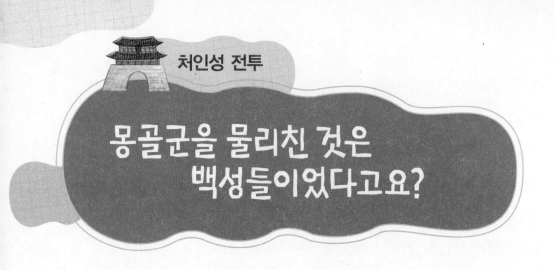

몽골군을 물리친 것은 백성들이었다고요?

강화도로 수도를 옮겼을 때 개경에 남은 사람들은 걱정이 이만저만이 아니었어요. 몽골군이 침입하면 꼼짝없이 당할 테니까요.

아니나 다를까 몽골군은 군사를 이끌고 다시 고려로 쳐들어왔어요. 수도를 강화도로 옮긴 탓에 몽골군은 고려 땅을 쉽게 손에 넣을 수 있었어요. 개경에 이어서 지금의 서울에 해당하는 남경까지 정복한 몽골군은 처인성 부근에 이르렀지요. 처인성에는 향·소·부곡에 속했던 처인부곡 사람들이 살고 있었어요.

"우리가 저 무서운 몽골군을 막을 수 있을까?"

"약한 소리 하지 말게. 우리 힘을 합쳐 몽골군을 꼭 물리쳐 처인성을 지키자고!"

처인부곡 사람들은 힘을 합쳐 몽골군에 맞서 싸웠어요. 처인성을 만만하게 본 몽골의 장군 살라타이는 처인부곡 사람들과 함께 싸우던 승려 김윤후가 쏜 화살에 맞고 죽었어요.

"앗! 장군이 돌아가셨다!"

장군이 죽자 몽골군은 처인성을 치기를 포기하고 돌아갔어요. 몽골군의 침입을 막아 낸 것은 순전히 처인부곡 사람들의 힘이었지요. 훈련을 받은 군사도 아닌 백성들이 몽골군을 물리치다니 정말 대단하지요?

몽골의 숱한 침입에도 고려가 오래 버틸 수 있었던 것은 이렇듯 백성들의 힘이 컸어요. 목숨을 걸고 가족과 나라를 지키려 했던 백성들의 굳은 결심 덕분이었답니다.

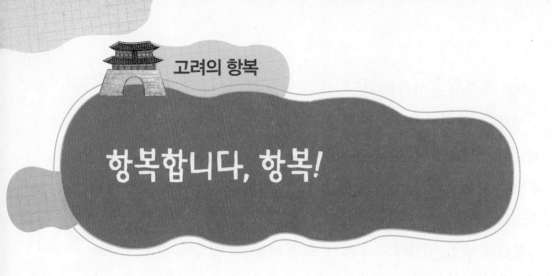

항복합니다, 항복!

몽골과의 오랜 전쟁으로 고려 땅과 백성들의 생활은 망가졌어요. 먹을 것이 없어서 굶어 죽는 사람도 늘어났어요. 죄 없는 사람들이 셀 수도 없이 죽었고, 원나라에 끌려가 노비가 된 사람들도 많았어요.

"이렇게 살 바에야 몽골에 항복하는 것이 낫겠소!"

"아니, 그게 무슨 말이오? 끝까지 싸워서 나라를 지켜야 하오!"

고려 조정의 의견은 둘로 갈렸어요. 고종은 몽골에게 항복하길 원했지만, 최씨 정권은 버텨야 한다고 주장했어요. 몽골에 항복을 하면 최씨 정권의 힘이 약해지기 때문이었어요. 하지만 항복을 주장하는 사람들이 최씨 정권을 무너뜨리는 데 성공하게 되어 고종은 몽골에 항복했답니다.

몽골은 수도를 다시 개경으로 옮기는 것과 고종이 직접 몽골로 와서 조공을 바치는 것을 요구했어요. 하지만 왕이 직접 가는 것은 위험한 일이었기에 고종의 아들인 태자를 몽골로 대신 보냈지요.

당시에 몽골에게 정복당한 나라는 모두 몽골의 풍습을 따랐어요. 하지만 고려는 달랐어요. 고려의 끈질긴 저항으로 몽골은 고려를 완전히 정복하려던 계획을 바꾸어 그대로 인정해 주었어요. 다른 나라와 달리 고려는 고려 왕이 나라를 다스릴 수 있었지요. 그렇지만 몽골에게 조공을 바치고 나라의 중요한 결정을 할 때에는 허락을 받아야 했어요.

　　고종은 몽골에게 항복한 뒤 얼마 되지 않아 세상을 떠났어요. 몽골에 갔던 태자는 그제야 왕위에 오르기 위해 고려로 돌아올 수 있었답니다.

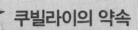

쿠빌라이의 약속

고려의 문화가
유지될 수 있었던 이유

고종 대신 몽골 황제가 있는 카라코룸으로 가던 태자는 뜻밖의
소식을 들었어요.

"뭐, 몽케 칸이 죽었다고?"

바로 몽골의 황제가 죽었다는 소식이었어요. 몽골은 다음 칸의
자리를 두고 고민에 빠졌어요. 쿠빌라이와 아릭 부케가 칸의 자리
를 놓고 다투었지요. 고려의 태자도 고민에 빠졌어요.

"황제가 죽었으니 누구한테 가야 한단 말인가."

고민하던 태자는 쿠빌라이에게 가기로 결심했어요. 태자가 자신
을 찾아오자 쿠빌라이는 기뻐했어요.

"고려는 오래전 당나라 태종이 치러 갔을 때에도 항복하지 않던
나라가 아닌가! 그런데 지금 그 나라의 태자가 나에게 스스로 왔으
니 이는 하늘의 뜻이다."

고려의 태자가 온 것은 쿠빌라이가 칸이 되는 데 큰 힘이 되었어

18

요. 쿠빌라이는 태자에게 고려의 풍습을 그대로 유지시켜 주겠다는 약속을 했어요. 원래 몽골은 다른 나라를 정복하면 그 나라의 문화를 모두 몽골식으로 바꾸어 버렸지요. 그런데 고려는 문화와 풍습을 그대로 유지할 수 있게 된 거예요.

쿠빌라이의 약속으로 고려는 원나라의 간섭을 받으면서도 기존의 문화와 풍습은 지켜 나갈 수 있었어요. 그리고 이 약속은 쿠빌라이가 자리에서 물러난 다음에도 지켜졌어요. 황제의 약속이니 함부로 어길 수가 없었지요. 덕분에 고려는 계속 고려만의 문화를 지켜 나갈 수 있었답니다.

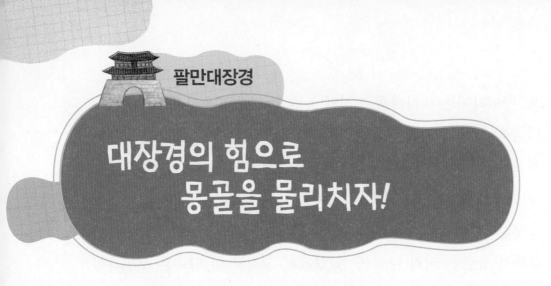

팔만대장경

대장경의 힘으로 몽골을 물리치자!

대장경은 불교의 경전을 모은 것을 말해요. 팔만대장경은 경판이 8만여 장이어서 지어진 이름이랍니다. 몽골의 침입을 받던 시기에 만들어졌지요. 어수선했던 이 시기에 고려 사람들은 왜 팔만대장경을 만드는 데 힘을 쏟았던 것일까요?

1011년에 거란이 침입했을 때 현종은 초조대장경을 만들었어요. 부처의 힘으로 백성들의 마음을 하나로 모으고, 거란을 물리치기 위해서였지요. 하지만 초조대장경은 몽골군의 침입 때 불타 버렸어요. 그러자 최우는 다시 한 번 대장경을 제작해서 부처의 힘으로 몽골군을 물리쳐야 한다고 주장했어요.

"정성을 다해 팔만대장경을 만들면 우리의 마음이 부처에게 전해질 거야."

몽골의 오랜 침입으로 지쳐 있던 백성들은 몽골군이 물러가기를 바라는 마음을 담아 팔만대장경을 만들었어요. 눈물겨운 항쟁과 희생

속에서 팔만대장경을 만들며 오랜 세월을 버텼지요. 그 덕분에 고려는 몽골에 맞서고도 유일하게 국명을 보존한 나라가 될 수 있었답니다.

　1251년에 완성된 팔만대장경은 오늘날까지도 잘 보존되어 있어요. 수많은 경판에는 한 사람이 새긴 듯 동일한 글씨체로 수천만 자의 글자가 정성스레 새겨져 있지요. 그래서 2007년에는 유네스코 세계 기록 유산으로 지정되는 등 세계에서도 그 가치를 널리 인정받았답니다.

원나라는 간섭쟁이!

고종이 죽자, 몽골에 가 있던 태자는 고려로 돌아와 제24대 왕 원종이 되었어요. 원나라의 도움으로 왕의 자리를 지킬 수 있었던 원종은 친원 정책을 펼쳤어요. 그래서 원이 요구한 공녀를 뽑기 위해 결혼도감을 설치해서 백성들에게 원망을 받기도 했지요. 공녀는 한자로 쓰면 '바칠 공' 자에 '계집 녀' 자로, 조공으로 바치던 여인을 뜻해요.

원은 일본 정벌을 하기 위해 고려 땅에 정동행성이라는 관청을 설치했어요. 쌍성총관부와 동녕부, 탐라총관부도 설치해서 그 지역의 땅을 원의 땅으로 정하고 마음대로 다스렸어요. 또한 고려의 왕이 새로 즉위할 때마다 자신들의 허락을 받도록 요구했어요. 심지어 왕을 마음대로 바꾸거나 귀양 보내기도 했답니다.

'원 간섭기'가 시작된 이후, 고려의 왕위를 이을 태자는 왕이 되기 전에 원에 가서 황제를 보필하며 지내는 기간을 가져야 했어요. 그래서 이후의 고려 왕들은 어린 시절을 원에서 보내는 바람에 원의 풍습과 제도에 더 익숙해져 돌아왔지요.

고려는 왕실에서 쓰는 명칭도 바뀌었어요. 원 황실보다 낮은 명칭을 써야 했지요. 왕이 자신을 부르는 짐은 고 또는 과인으로 바뀌고, 폐하는 전하로 바뀌었지요. 태자는 세자로 바뀌고, 관직의 명칭도 모두 낮아지는 등 원은 고려의 많은 부분을 간섭했답니다.

다시 개경으로!

백성들이 저마다 커다란 짐을 메고 어디론가 가고 있어요.

"얼마 만에 밟아 보는 고향 땅인가."

"그런데 왜 개경으로 다시 가는 거지?"

"아, 몽골이 개경으로 돌아가라고 그랬다는군."

행렬은 바로 개경으로 돌아가는 백성들이었어요. 강화도로 피난을 온 백성들이 다시 돌아가게 된 거예요.

"모두 개경으로 돌아가도록 하라."

원종은 개경으로 다시 돌아갈 것을 명령했어요. 하지만 이번에도 무신 정권은 반대했어요. 자신들의 정권이 무너질까 두려워 계속 강화도에 있어야 한다고 주장했지요.

"지금까지 어떻게 정권을 유지해 왔는데 이제 와서 몽골 때문에 무너질 수는 없소!"

하지만 무신 정권은 이미 무너지고 있었어요. 그 당시에는 최씨 정권이 무너지고 김준과 임연 등의 무신들이 권력을 휘두르고 있었어요. 임연을 이용해서 김준을 없애 버린 원종은 개경으로 돌아갈 준비를 했어요. 하지만 임연은 강하게 반대했지요. 그런데 몽골과 싸울 준비를 하던 임연이 갑자기 죽게 되면서 그의 아들 임유무가 권력을 이어받았어요. 그러자 원종은 몽골의 도움을 받아 임유무 등 무신 정권의 남은 권력자들을 없애 버렸어요. 100년 만에 무신 정권이 무너지고 왕이 뜻대로 움직인 것이지요.

이렇게 1270년에 원종은 개경으로 돌아왔어요. 하지만 원종의 항복을 반대하는 사람들이 강화도에 남아 싸움을 준비하고 있었답니다.

이대로 끝낼 수는 없어!

원종이 몽골에게 항복을 하고 수도를 개경으로 옮기자 이를 거부하고 나선 군사들이 있었어요. 바로 삼별초였어요.

이전에 최우는 야별초라는 사병으로 이루어진 군대를 만들었어요. 사병은 개인이 거느리고 있는 군사를 말하지만 야별초는 나라의 일도 했어요. 도둑을 잡는 일을 주로 했는데, 최씨 정권에 저항하려는 사람을 감시하고 잡아들이기도 했지요.

야별초는 군사 수가 많아지자 좌별초와 우별초로 나누어졌어요. 이후에 몽골에 잡혀갔다가 도망쳐 온 사람들로 이루어진 신의군이 더해져서 삼별초라는 특수 부대가 되었던 거예요.

몽골과의 전쟁에 앞장섰던 삼별초는 무신 정권이 무너지자 걱정이 되었어요.

"개경으로 돌아가면 벌을 받을지도 몰라."

"그럴 바에는 차라리 몽골에 맞서 싸우는 것이 어떻겠나?"

결국 삼별초는 개경으로 가지 않고 몽골에 맞서 싸우는 길을 택하며 난을 일으켰어요. 그러자 고려 조정은 몽골의 도움을 받아 삼별초를 공격했어요.

삼별초는 강화도에서 진도로, 진도에서 제주도로 옮겨 다니며 싸웠어요. 삼별초 항쟁은 무려 3년이나 이어졌지만, 결국 승리는 고려 조정과 몽골 연합군에게 돌아갔지요.

삼별초 항쟁은 갈 곳이 없어진 삼별초의 어쩔 수 없는 선택이었어요. 비록 고려 왕에 맞서는 바람에 반란군이 되었지만, 몽골에 항복하지 않고 끝까지 싸웠던 그들의 투지는 높이 살 만한 일이랍니다.

내 어머니를 찾게 도와주시오!

고종 말, 고려의 많은 백성이 몽골군에게 잡혀갔어요. 잡혀간 고려 사람은 무려 20여만 명이나 되었어요. 그중에는 김천의 어머니와 동생 덕린도 있었어요. 김천의 어머니와 동생이 잡혀갔을 때 김천의 나이는 겨우 15세였답니다.

"잡혀간 사람들이 다 죽었다는구먼. 쯧쯧."

"그렇다면 김천의 어머니와 덕린이도? 아이고, 아이고!"

잡혀간 사람들이 죽었다는 소문을 들은 김천은 어머니와 동생의 죽음을 슬퍼했어요. 그런데 시간이 한참 지난 뒤에 김천에게 놀라운 소식이 전해졌어요. 원에 갔던 어떤 사람이 김천의 어머니를 만나 편지를 받아온 거예요. 편지에는 어머니가 원에서 노비로 지내고 있다는 내용이 쓰여 있었어요.

"아니, 어머니가 살아 계셨다니! 내 당장 원으로 가서 어머니를 모셔 오리라!"

김천은 당장 어머니를 모셔 오고자 원으로 갈 준비를 했어요. 하지만 고려 조정에서는 김천이 원으로 가지 못하게 했어요. 김천이 어머니의 몸값을 내고 데리러 가겠다고 해도 계속 거절했지요. 김천은 포기하지 않고 온갖 방법을 찾았어요. 그러다가 승려 효연의 도움으로 원으로 가서 어머니를 만날 수 있었어요. 6년 뒤에는 동생 덕린도 돌아와 함께 살 수 있게 되었지요. 김천의 지극한 효심으로 가족이 다시 함께하게 된 거예요.

김천은 오랜 시간이 걸려 어머니를 찾았어요. 하지만 잡혀간 가족을 찾지 못한 고려 사람들이 대부분이었지요. 많은 고려 백성이 원에서 노비가 되어 고생하며 지내야
했답니다.

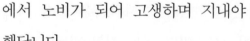

원은 고려의 소식을 어떻게 빨리 알 수 있었을까요?

원나라의 간섭을 받은 고려는 원과 소식을 자주 주고받아야 했어요. 원의 사신이 고려와 소식을 주거나 받기 위해 어떻게 했는지 살짝 엿볼까요?

옛날에 가장 빠른 교통수단은 말이었어요. 사람들은 말을 타고 소식을 전했지요. 그런데 거리가 너무 멀면 말도 지쳐 버리고 말아요. 말도 쉬어야 하고 말을 탄 사람도 쉬어야 했지요. 그래서 들르게 되는 곳이 바로 역참이었어요.

"이런, 소식을 빨리 전하려면 바로 출발을 해야 하는데 말이 지쳐 버려서 갈 수가 없군."

"걱정하지 마세요. 여기 쌩쌩한 말이 있으니까요."

역참에는 새로운 말이 준비되어 있어 지친 말 대신에 갈아탈 수 있었어요. 이 말들을 역마라고 불렀어요. 또한 소식을 대신 전해 주는 역졸도 언제나 출발할 준비를 하고 있었지요. 이어달리기를 하듯

이 소식을 넘겨주면 되는 것이었어요. 이렇게
쉴 틈 없이 달리다 보면 원에서 고려까지 금세
소식이 전해질 수 있었지요.

　원은 영토 곳곳마다 역참을 많이 만들었는데 이
러한 역참을 보통 참이라고 불렀어요. 원에 설치된
참은 무려 1,519군데나 되었어요. 길을 따라 역참을
두었는데 이 역로로 많은 외국 사람이 원을 방문
했지요. 《동방견문록》을 쓴 이탈리아의 탐
험가 마르코 폴로도 이 역참을 이용했다
고 해요. 역참 제도 덕분에 원은 이웃
나라 곳곳의 소식을 빠르고 정확하게
받아 볼 수 있었답니다.

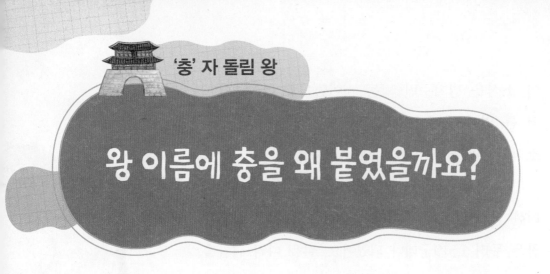

왕 이름에 충을 왜 붙였을까요?

고려 왕의 이름을 살펴보니 이상한 점이 있어요. 제25대 왕 충렬왕, 제26대 왕 충선왕, 제27대 왕 충숙왕, 제28대 왕 충혜왕, 제29대 왕 충목왕, 제30대 왕 충정왕 모두 충으로 시작하는 이름이지요. 꼭 형제들끼리 돌림자를 쓰는 것처럼 말이에요. 왕들도 사이좋게 돌림자를 쓴 것일까요?

'충' 자 돌림을 쓰게 된 것은 원나라의 요구 때문이었어요. 원에 충성하라는 뜻에서 고려 왕의 이름에 '충' 자를 붙이도록 한 것이지요.

원 간섭기의 고려 왕들은 어린 시절을 원에서 보내야 했어요. 원의 문화와 언어를 접하면서 자랐기 때문에 몽골 어도 잘하고, 고려보다 원의 문화에 익숙하게 되었지요. 심지어 고려에서 지낸 시간보다 원에서 지낸 시간이 많은 왕도 있었어요.

이때의 고려 왕들은 원의 공주와 혼인했기 때문에 세자의 어머니는 자연스레 원 사람이 되었어요. 고려 왕이지만 원 황실의 피가 흐르고 있었지요. 또한 고려 왕은 언제나 원의 눈치를 살펴야 했고, 원의 마음에 들지 않으면 원으로 불려 가야 했어요.

충렬왕을 시작으로 충정왕까지 고려의 6대 왕들은 모두 원에서 받은 시호를 따랐어요. 시호는 왕이 죽은 뒤에 붙이는 이름이에요. 그러다가 제31대 왕 공민왕이 '충' 자를 쓰지 않게 되면서 비로소 멈추게 되었지요. 원과의 관계를 바꾸고자 결심했던 공민왕의 의지가 드러난 일 중 하나였답니다.

원의 사위 나라가 된 고려

고려는 원나라의 부마국이 되었어요. 부마는 왕의 사위를 말해요. 즉, 부마국은 사위의 나라라는 뜻이지요. 고려는 왜 원의 부마국이 된 것일까요?

친원 정책을 폈던 원종은 원의 쿠빌라이와 약속을 했답니다. 고려의 세자와 원의 공주를 혼인시키기로 말이에요. 그래서 원종의 아들인 세자 심이 쿠빌라이의 딸인 제국 대장 공주와 혼인을 하게 된 거예요.

"나는 이미 부인이 있는데 또 혼인을 하라니……."

결국 세자는 39세에 이미 부인과 자식도 있었지만 원의 공주와 어쩔 수 없이 결혼해야 했어요. 이 세자가 바로 제25대 왕 충렬왕이에요. 고려 왕이자 동시에 원 황제의 사위이기도 했던 충렬왕은 장인이자 황제의 나라인 원을 따라야 했어요.

고려 왕들은 나라의 중요한 일을 결정할 때에도 원의 간섭을 받앉어요. 이때 원의 공주가 중요한 역할을 했어요. 고려 왕과 고려 왕실을 감시하기도 했거든요. 그래서 고려 왕들은 공주의 눈치를 살살 살펴야 했어요. 공주를 조금이라도 서운하게 하면 바로 원에 일러바칠 수 있었으니까요.

　가끔은 원 황실을 믿고 제멋대로 구는 공주도 있었어요. 예를 들면, 제국 대장 공주는 신하들이 보는 앞에서 충렬왕을 때렸다고 해요.

　반대로 고려 왕의 사랑을 못 받고 괴로워하는 공주도 있었지요. 고려 왕과 원의 공주는 정략혼인으로 이어졌기에 대부분 사이가 별로 좋지 않았어요. 물론 공민왕과 노국 대장 공주처럼 사이가 아주 좋은 경우도 있었지만요.

　충렬왕 때부터 공민왕 때까지 다섯 왕이 원 황제의 사위가 되었어요. 사위가 된 왕들은 비록 황제의 간섭을 받았지만 원에서 함부로 대하지는 못했어요. 엄연히 황제의 사위였으니까요.

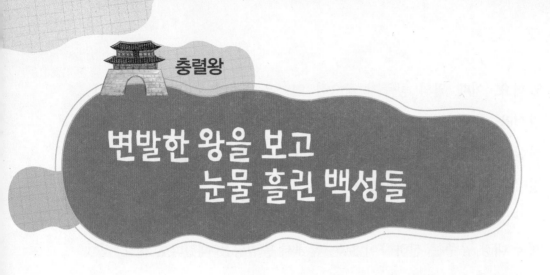

변발한 왕을 보고
눈물 흘린 백성들

충렬왕이 원나라에서 돌아오는 날이었어요. 충렬왕을 본 백성들은 깜짝 놀랐지요.

"아니, 왕의 머리가? 아이고, 아이고!"

백성들은 충렬왕을 보고 엉엉 울기 시작했어요. 백성들이 눈물을 흘린 까닭은 무엇일까요?

1274년에 원종이 죽은 후, 충렬왕은 변발을 하고 몽골 옷을 입고 고려로 돌아왔어요. 변발은 앞머리를 박박 밀어 버리고 뒷머리를 뒤로 길게 땋은 몽골식 머리를 말해요. 몽골 사람처럼 머리를 하고 옷을 입은 고려 왕의 모습은 백성들에게 큰 충격이었어요.

하지만 충렬왕은 정작 아무렇지도 않았어요. 원의 문화와 생활에 익숙해졌기 때문이었어요. 심지어 신하들에게도 변발을 하고 몽골 옷을 입으라고 했지요.

또한 원에 있을 때부터 매사냥을 즐겼던 충렬왕은 마음이 내키면

멀리 충청도까지도 사냥을 하러 떠났어요.

"몸이 근질근질하구나. 사냥을 나가야겠다."

사냥을 할 때 매와 개를 동원하고, 밭이나 산에 불을 질러 사냥을
하는 화렵도 서슴지 않았어요.

그러던 어느 날, 원의 지나친 간섭에
시달린 데다가 왕비의 죽음으로 정
치에 싫증을 느낀 충렬왕은 아들
인 충선왕에게 왕위를 물려주었어
요. 하지만 왕위에서 물러난 지 채 1년
도 되지 않아 다시 왕이 되어 두 번
왕위에 올랐답니다.

고려 왕들이 매를 좋아했다고요?

고려 왕들은 매사냥을 즐겼어요. 훈련시킨 매로 토끼나 꿩을 잡는 것이 매사냥이에요. 원나라의 영향으로 매사냥은 고려 말이 될수록 인기가 많아졌지요.

고려에는 응방이란 관청이 있었는데, 응방은 매를 돌보고 왕의 매사냥을 맡아보는 관청이었어요. 원에서 고려의 사냥매를 요구하면 이 응방에서 사냥매를 보내 주었어요. 또한 매를 잡는 착응별감이라는 벼슬도 있었어요. 특이한 벼슬이지요?

"나라 안의 좋은 매는 다 잡아 오너라!"

매사냥을 무척 좋아했던 충렬왕은 착응별감을 여러 사람에게 주고 온 나라의 매를 잡아 오라는 명령을 내렸어요. 충렬왕이 좋아하는 매를 잡는 벼슬이니 이 착응별감의 콧대도 높아졌어요. 이들은 매를 잡기

위한 먹이를 만든다는 핑계로 닭과 개를 수없이 죽였어요. 그래서 충렬왕이 매사냥을 나설 때면 많은 사람이 한숨을 내쉬었지요.

충혜왕도 충렬왕 못지않게 매사냥을 좋아했어요. 심지어 6일 동안 매사냥에 빠져 있기도 했지요.

이렇게 매사냥에 빠져 있는 왕들의 모습에 백성들은 비난을 했어요. 그러자 충목왕은 응방을 없애 버렸어요. 하지만 공민왕은 응방을 다시 두면서 매를 기르는 것은 매사냥이 좋아서가 아니라 매의 성품을 좋아하기 때문이라고 둘러댔어요. 왕들의 매 사랑이 정말 대단하지요?

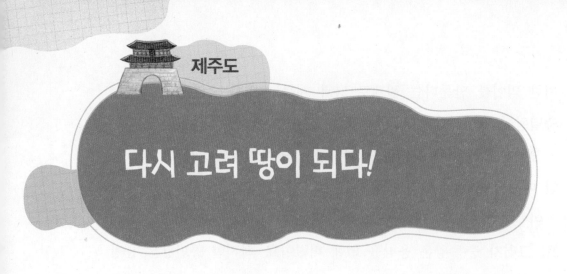

제주도

다시 고려 땅이 되다!

제주도에 가면 맑고 아름다운 옥색 바다와 야자수가 펼쳐진 도로가 꼭 다른 나라에 온 것 같은 느낌이 들지요. 푸른 들판을 뛰어다니는 말도 눈에 띄고요. 제주도에는 언제부터 이렇게 많은 말이 생기게 된 것일까요?

제주도의 옛 이름은 탐라예요. 삼국 시대에는 따로 탐라국이라는 나라였지만 고려 시대부터 고려에 속하게 되었지요. 그런데 이 제주도가 한때는 원나라 땅이었던 적도 있었답니다.

탐라에서 대항하던 삼별초를 진압한 다음, 원은 탐라에 탐라총관부를 설치했어요. 그리고 다루가치라는 원의 관리를 두고 탐라를 다스리게 했지요. 물론 자기들 마음대로 말이에요.

"탐라는 날씨도 따뜻해서 말이 먹을 풀이 언제나 자라니 말을 기르기 딱 좋군!"

원은 자기네 나라에서 160마리의 말을 탐라에 들여왔어요. 그리

고 탐라 곳곳에 말을 기르는 목마장을 설치했지요. 목마장뿐만 아
니라 일본을 정벌하기 위해 군사를 모으고 훈련도 했어요.

그러던 중 충렬왕은 탐라를 돌려 달라고 원에 요청했어요. 원은
탐라를 돌려주는 대신 말은 계속 바치라고 요구했지요. 결국 말을
바치기로 하고 탐라는 1294년에 다시 고려 땅이 되었답니다.

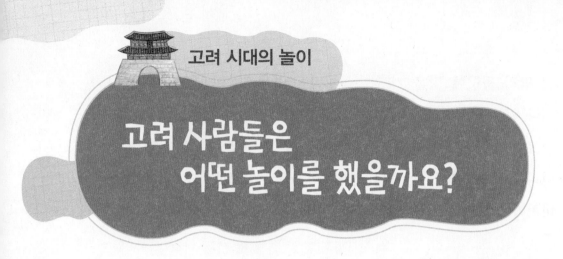

고려 사람들은 어떤 놀이를 했을까요?

오늘은 고려의 단옷날이에요. 고려 사람들이 어떤 놀이를 했는지 구경해 볼까요?

"나는 김 씨한테 걸겠네."

"나는 최 씨!"

많은 사람이 씨름을 구경하고 있어요. 씨름은 신분과 상관없이 누구나 즐기는 놀이였어요. 단옷날뿐만 아니라 평소에도 즐기는 놀이였지요. 사람들은 둥글게 모여 씨름을 구경하면서 누가 이길지 내기를 하기도 했어요. 그런데 저기 씨름 구경을 하고 있는 사람들 뒤로 그네를 타는 여인의 모습이 보이네요?

"아유, 높이 뛰네!"

그네뛰기는 고려 사람들이 평소에 즐기는 놀이였어요. 남녀노소 누구나 그네를 탔지요. 마을 입구나 마을 사람들이 많이 모이는 곳에 있는 큰 나무에 그네를 달아 여러 사람이 즐길 수 있게 했어요.

격구장에서는 격구 경기가 한창 열리고 있어요. 격구는 말을 타거나 걸어 다니면서 막대기로 공을 치는 경기를 말해요. 처음에는 궁궐에서 왕과 왕족 사이에서 유행하던 놀이였지만, 고려 말로 갈수록 모두가 즐기는 놀이가 되었어요. 단오 같은 명절에는 왕 앞에서 격구 경기가 열렸지요.

단옷날에 하던 놀이 말고도 고려 사람들은 수박이라는 놀이도 즐겼어요. 손으로 잡고 넘어뜨리는 씨름과 달리, 수박은 손으로 쳐서 상대를 넘어뜨리는 경기였지요. 고려 시대 때 매우 중요한 무예로도 여겨져 무사들은 반드시 이 기법을 익혀야 했답니다.

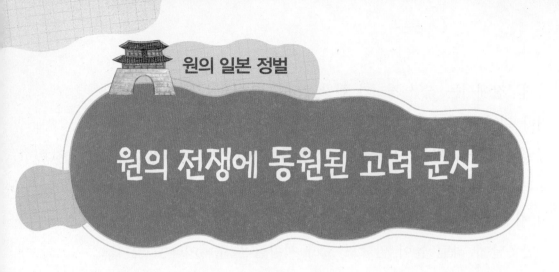

원의 전쟁에 동원된 고려 군사

"원나라에서 또 전쟁을 일으킨다고?"

"그렇다네. 정말 지긋지긋하구먼."

몽골과의 오랜 전쟁으로 지친 백성들에게 또다시 전쟁 소식이 들려왔어요. 이번에는 고려와의 전쟁이 아니라 원과 일본과의 전쟁이었지요. 원과 일본이 싸우는 데 고려가 무슨 상관이냐고요?

원은 전쟁에 필요한 군사와 배, 식량을 고려에게 준비하도록 했어요. 일본 정벌을 도우라는 것이지요. 오랜 전쟁으로 이미 지칠 대로 지친 백성들은 또다시 군사가 되어 일본에 가거나 배를 만들고 식량을 바쳐야 했어요.

"우리 가족 먹을 것도 없는데 식량을 바치라니!"

"모두가 전쟁에 나가면 농사는 누가 짓는단 말이야?"

백성들은 화가 났지만 어쩔 수 없었어요. 조정에서도 원의 요구를 받아들이는 것 외에는 달리 방법이 없었어요. 1274년, 원과 고려의 연합군은 일본으로 갔어요. 강한 힘을 가진 연합군에게 일본은 상대가 되지 않았어요. 그러나 연합군은 일본을 정벌하지 못했답니다. 태풍이 부는 바람에 연합군이 탄 배가 부서져서 많은 군사를 잃고 돌아와야 했거든요.

하지만 원은 포기하지 않고 1281년에 다시 군사를 모아 일본 정벌에 나섰어요. 고려는 또 군사와 함께 배와 식량을 준비해야 했지요. 그러나 이번에도 태풍 때문에 실패하고 말았어요. 일본 사람들은 이때 불었던 태풍을 신의 바람이란 뜻의 가미카제라 부르며 신이 돌봐 주었다고 이야기한답니다.

산 사람도 공물로 바치라고요?

무슨 일인지 젊은 여인들이 많이 모여 있어요. 부모님과 부둥켜안고 엉엉 우는 어린 여자아이들이 많네요. 무슨 사연이 있는지 알아볼까요?

"아이고, 내 딸아! 지금 가면 언제 본단 말이냐."

"어허, 빨리빨리 서둘러라."

관리들이 여인들을 재촉했어요. 이 여인들은 바로 원나라로 가는 공녀들이었어요. 1274년, 원은 고려에게 고려의 여인 140명을 공녀로 바치라고 요구했어요. 원종은 할 수 없이 결혼도감을 설치해서 마을 곳곳의 처녀를 찾아내 공녀를 모았어요. 일반 백성뿐만 아니라 관리의 자식도 공녀로 뽑혔지요.

"내 딸이 공녀가 되도록 내버려 둘 줄 알아?"

충렬왕 때의 관리 홍규는 딸이 공녀가 되지 못하게 머리카락을 잘라서 승려처럼 꾸미기도 했어요. 하지만 들켜서 큰 벌을 받았지요.

공녀가 되어 원으로 간 여인들은 황실의 궁녀가 되거나 원 사람들과 혼인을 했어요. 고려에는 원으로 가는 공녀들의 슬피 우는 곡소리가 끊이지 않았지요.

　　고려의 학자 이곡은 빼어난 문장력으로 원의 황제에게 공녀 제도를 없애 달라고 부탁하는 상소문을 올렸어요. 상소문에는 원으로 끌려가는 공녀들이 얼마나 힘든 일을 겪고 있는지 구체적으로 쓰여 있었지요.

　　이러한 상소문은 원의 황제인 혜종을 감동시켰어요. 그래서 공녀 제도는 공민왕 때 반원 정책이 시작되면서 끝나는 듯했지요. 하지만 명나라에서도 공녀를 요구하는 바람에, 고려에 이어 조선 시대에도 다시 공녀를 바쳐야 했어요. 이 모두가 나라의 힘이 약해 벌어졌던 안타까운 과거였답니다.

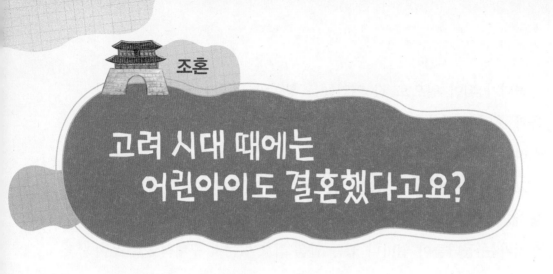

고려 시대 때에는 어린아이도 결혼했다고요?

고려 말, 딸 걱정에 잠자리에 못 드는 부부가 있었어요.

"이제 우리 아이도 혼인할 때가 된 듯하오."

"이제 겨우 열다섯 살인데 아직은 이르지 않을까요?"

"어쩔 수 없잖소. 원나라로 끌려가는 것보다 나을 테니."

부인은 잠들어 있는 딸의 머리를 쓰다듬어요. 어린 딸을 벌써 혼인시킬 생각을 하니 걱정이 많았어요. 하지만 딸을 원으로 보내지 않으려면 달리 방법이 없었지요.

애지중지 키운 딸이 원에 공녀로 끌려가는 모습을 보는 부모들의 마음은 찢어질 것 같았어요. 언제 딸이 공녀로 끌려갈지 몰라 늘 마음을 졸였지요. 그래서 가만히 있을 수 없어 서둘러 딸들을 혼인시킨 거예요. 혼인한 여인, 즉 남편이 있는 여인은 공녀로 데려가지 않았거든요.

"공녀로 끌려가지 않으려면 빨리 혼인하는 수밖에 없지."

그래서 고려에서는 어른이 되기 전 어린 나이에 일찍 혼인을 하게
되는 '조혼' 풍습이 유행처럼 퍼지게 되었지요.

　　혼인이 빨라지면서 중매도 활발해졌어요. 중매는 혼인이 이루어
지도록 양쪽 집을 오가며 소개하는 것을 말해요. 원래 고려의 일반
백성들은 자유롭게 연애하고 혼인했어요. 하지만 나이가 너무 어리
면 연애하고 혼인하는 것이 어려웠지요. 그래서 부모가 대신 짝을
정해 주는 일이 많아지면서 중매혼이 부쩍 늘어났답니다.

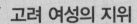

첩 제도를 건의했다가 혼쭐이 난 사람이 있다고요?

사극을 보던 준이는 깜짝 놀랐어요. 글쎄, 사극 속 조선 시대의 선비에게 여러 명의 부인이 있는 것이 아니겠어요? 조선 시대에는 첩이라고 해서 정식 부인 외에도 여러 명의 부인을 둘 수 있었어요.

하지만 고려 시대에는 첩을 두는 관습이 없었어요. 그런데 이때 고려의 남자들은 모두 첩을 두어야 한다며 왕에게 상소문을 올린 사람이 있었어요. 바로 충렬왕 때의 신하 박유였어요. 그는 남자가 부인을 한 명만 두는 것은 고려의 사정에 맞지 않다면서 모든 남성이 둘 이상의 아내를 두어야 한다고 주장했어요. 그러면 여성들이 원나라에 끌려가는 것도 막을 수 있고, 인구도 늘어나서 나라에 큰 도움이 될 것이라고 했지요.

우리나라는 남자가 적고 여자는 많은데 부인을 한 명씩만 두고 있습니다. 아들이 없는 사람도 첩을 두려고 하지 않습니다. 반면 우리나라에 온 외국 사람들은 부인의 수가 정해지지 않아 첩을 두니 백성들이 모두 외국으로 갈까 두렵습니다. 신하들에게는 직위가 높고 낮음에 따라 첩을 두게 하시고 백성들에게는 부인 한 명과 첩 한 명을 두도록 허락해 주십시오. 그리고 첩의 자식도 차별 없이 벼슬을 할 수 있게 한다면 혼인을 못 하는 여인도 줄어들고 백성도 많아질 것입니다.

하지만 이러한 박유의 건의는 받아들여지지 않았어요. 여자들의 반발이 심했기 때문이지요.

한번은 박유가 왕을 모시고 연등회에 갔을 때였어요. 한 할머니가 박유에게 손가락질하면서 소리쳤어요.

"저 사람이 첩을 두자고 한 늙은이다!"

할머니의 주변에 있던 여자들도 모두 박유에게 손가락질하면서 화를 냈어요.

결국 박유의 엉뚱한 건의는 없던 일로 하게 되었답니다.

왕위에서 물러난 왕이 다시 왕이 되었다고요?

　우리 반 회장은 영석이에요. 그런데 갑자기 옆 반 아이들이 찾아와 영석이는 회장에 어울리지 않는다면서 수진이를 회장으로 해야 한다고 우겼어요. 옆 반 아이들은 힘도 세고 목소리도 커서 아무도 나서서 반대하지 못했지요. 결국 우리 반 회장은 수진이로 바뀌었어요. 그런데 얼마 후, 이번에는 수진이도 별로라면서 영석이를 도로 회장을 시키자는 거예요. 뭐 이런 경우가 다 있을까요?

　왕이 자리에서 물러나면 세자가 왕이 되지요. 그리고 물러난 왕은 정치에 더는 참여하지 않았어요. 하지만 원 간섭기의 고려는 달랐어요. 원나라는 고려 왕을 마음대로 폐위시켰다가 다시 왕이 되게 하기도 했어요. 이렇게 왕위에서 물러났다가 다시 왕이 되어 정치를 하는 것을 '중조'라고 한답니다.

　고려에서 중조를 한 왕은 충렬왕과 충선왕, 충숙왕과 충혜왕이에요. 모두 정치를 못하거나 원의 마음에 들지 않는다는 등의 이유로 왕에서 물러났다가 다시 왕이 되기도 했지요.

충렬왕과 충선왕은 서로 왕위를 주고받으며 두 번씩 왕이 되었어요. 충숙왕의 뒤를 이어 왕위에 오른 충혜왕도 2년 만에 왕위에서 물러나 충숙왕에게 다시 왕위를 돌려주어야 했지요. 그러다가 충숙왕이 죽자 다시 왕위에 오를 수 있었고요.

이러한 상황은 고려의 정치에 큰 혼란을 주었어요. 고려 왕들은 언제 왕위에서 쫓겨날지 몰라 항상 불안해해야 했어요. 고려 왕의 자리를 쥐락펴락하는 원을 보면서 왕보다 원의 눈치를 보는 신하도 많아졌지요. 고려 왕의 지위는 점점 더 약해질 수밖에 없었답니다.

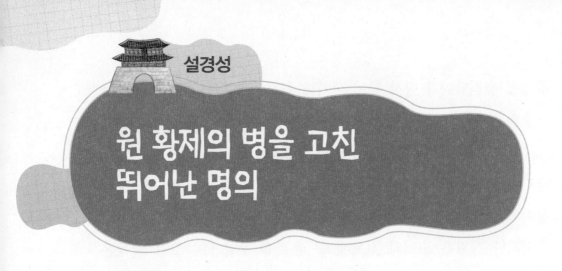

원 황제의 병을 고친 뛰어난 명의

원나라의 세조가 병에 걸리자 원에서는 세조의 병을 고칠 실력 있는 의원을 찾기 위해 고려에 사신을 보냈어요. 그러자 세조의 딸이자 충렬왕의 왕비인 제국 대장 공주는 설경성을 원으로 보내기로 했어요.

설경성은 신라 최고의 학자인 설총의 후손으로 고려의 뛰어난 의원이었지요. 의술이 뛰어나서 충렬왕도 병이 나면 설경성을 불러 병을 고치게 했어요.

공주는 설경성에게 시중드는 사람과 옷을 주고 원으로 보냈어요. 원으로 간 설경성은 세조의 병을 살피고 약을 지어 주었지요. 다행히도 설경성이 지어 준 약은 세조의 병에 효험이 있었어요.

"허허, 듣던 대로 대단한 명의로구나! 병을 고쳐 준 그대에게 상을 내리겠노라!"

세조는 기뻐하며 설경성에게 상으로 집과 곡식을 내려 주었어요.

궁궐도 마음대로 드나들 수 있게 했고, 세조가 보는 앞에서 바둑을 두게도 했지요.

시간이 지나 원에 머물러 있던 설경성은 고려로 돌아가고 싶다고 세조에게 청했어요. 그러자 세조는 후한 선물을 주며 고려에 가서 가족을 데리고 다시 원으로 오라고 설득했어요. 하지만 고려로 돌아온 설경성은 부인의 반대로 원으로 가서 살지 못했지요. 그 뒤에도 설경성은 세조의 부름을 받고 원에 자주 갔어요. 그때마다 선물을 받았는데 선물이 너무 많아 기록하기도 어려울 정도였다고 해요.

이렇게 원 황제의 총애를 듬뿍 받았음에도 설경성은 큰 욕심을 부리지 않았어요. 자식이 잘되도록 수를 쓰거나 재산을 늘리는 데에는 큰 관심을 보이지 않았답니다.

일연은《삼국유사》를
왜 지었을까요?

《삼국유사》는 충렬왕 때 승려 일연이 지은 역사책으로 삼국 시대의 역사를 다루고 있어요. 이 책이 나오기 전에 만들어졌던《삼국사기》도 삼국 시대의 역사를 다룬 책으로 유명했지요. 그런데 일연은 역사책을 왜 또 만들었을까요?

《삼국사기》는 1145년에 왕의 명령을 받고 김부식이 지었어요. 유학자인 김부식은 신화나 전설은 사실이 아닌 이야기라《삼국사기》에 기록하지 않았다고 해요. 그래서《삼국사기》에는 삼국 시대 이전의 신화나 전설은 모조리 빠져 있어요.

그에 반해《삼국유사》는《삼국사기》에서 빠진 이야기를 모두 포함했어요. 불교에 관한 이야기와 고조선, 부여, 삼한 등 삼국 시대 이전의 나라에 대한 이야기, 오래전부터 내려오는 신화와 전설이 담겨 있어요. 특히 단군 신화도 기록해서 고려의 역사는 단군에서부터 시작되었음을 강조했지요.

오늘날에는 우리 역사가 단군부터 시작한다고 알고 있지만 예전부터 이렇게 생각한 것은 아니었어요. 삼국 통일 전, 각 나라가 전쟁을 했던 시기에는 서로가 같은 민족이라고 생각할 수 없었거든요. 고려가 단군부터 시작된 역사라면 고려 사람들은 모두 하나의 민족임을 깨닫게 되는 것이지요.

당시 고려는 몽골의 오랜 침입을 받고 망가질 대로 망가진 데다가 원나라의 간섭까지 받아서, 백성들은 고려 사람으로서의 자주의식에 많은 상처를 받았지요. 일연이 《삼국유사》를 지은 까닭은 이러한 고려 사람들에게 자부심을 일깨워 주기 위한 것이었는지도 모른답니다.

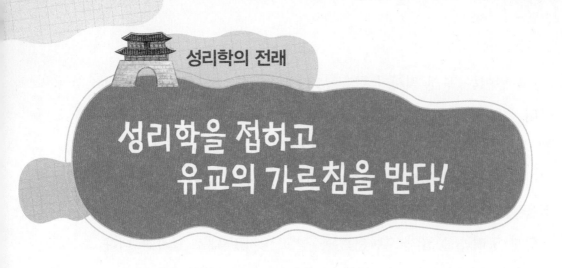

성리학을 접하고
유교의 가르침을 받다!

1290년, 안향이 충렬왕을 모시고 원나라에 갔을 때였어요.

"오, 이것이 바로 주자의 성리학인가!"

《주자전서》를 본 안향은 감탄했어요. 주자는 성리학을 만든 사람이에요. 안향은 《주자전서》를 가지고 고려로 돌아왔어요. 주자의 초상화도 손수 베껴 고려에 소개했어요. 이렇게 해서 성리학이 처음으로 고려에 전해진 거예요. 성리학을 처음으로 전한 안향은 '동방의 주자'라고 불리게 되었지요.

안향 초상

성리학은 중국 송나라 때 발달한 학문으로, 공자의 가르침에서 시작된 유교에서 나왔어요. 인간의 도리와 세상의 질서를 알려 주었기 때문에 고려에서는 불교와 함께 발전했어요. 고려 사람들은 불교에 마음을 의지했지만, 사회적으로는 유교의 가르침을 받았지요.

당시에는 훈고학이 유행하고 있었는데, 훈고학은 유교의 가르침을 해석하는 학문이었어요. 그런데 성리학은 여기서 더 나아가 인간과 우주의 근본 문제를 탐구하는 학문이었지요. 많은 유학자가 성리학을 공부했어요.

안향이 세상을 떠난 후, 충숙왕은 안향의 공적을 드러내기 위해 궁궐에서 일하던 원의 화가에게 안향의 초상화를 그려 후대에 전할 수 있도록 했답니다.

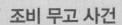

조비 무고 사건

충선왕이 부인의 소문 때문에 폐위되었다고요?

1298년, 충선왕은 23세의 나이로 제26대 왕이 되었어요. 그리고 아버지 충렬왕의 세력을 몰아내고 개혁을 시도했어요. 충선왕은 아버지인 충렬왕과 사이가 좋지 못했는데 그 이유는 충렬왕이 어머니인 제국 대장 공주와 사이가 나빴기 때문이었어요. 그런데 충선왕도 충렬왕과 마찬가지였어요. 원나라의 공주인 계국 대장 공주와 혼인한 후 공주를 멀리하고 조비를 가장 총애했지요. 그런데 그즈음 고려에 이상한 소문이 돌았어요.

"자네, 소문 들었나? 글쎄 왕이 공주를 사랑하지 못하도록 조비가 수를 쓴다는구먼."

"에이, 무슨 말도 안 되는 소리를!"

그런데 얼마 뒤에 궁궐 문에 이런 글이 붙은 것이 아니겠어요?

조인규의 처가 왕이 공주를 사랑하지 못하도록 저주했다.

조인규는 조비의 아버지였어요. 계국 대장 공주는 이 사실을 원에 알렸어요. 그러자 원은 1298년 5월에 사신을 보내 조비와 조인규 등을 원으로 붙잡아 갔어요. 그리고 충선왕을 폐위시켜 원에 머무르게 하고 충렬왕을 다시 왕위에 올렸어요. 이를 '조비 무고 사건'이라 불러요. 조비 무고 사건은 충선왕의 개혁을 반대하는 사람들이 꾸민 일이라는 이야기도 있답니다.

1308년, 충렬왕이 죽자 충선왕은 다시 왕위에 올랐어요. 하지만 고려로 돌아온 충선왕은 곧 정치에 싫증을 느끼고 다시 원으로 돌아가 버렸어요. 그 뒤 1313년까지 무려 5년 동안이나 고려에 오지 않고 원에서 나랏일을 처리하며 고려를 다스렸다고 해요. 왕이 자리를 비운 고려는 점점 더 혼란스러워졌답니다.

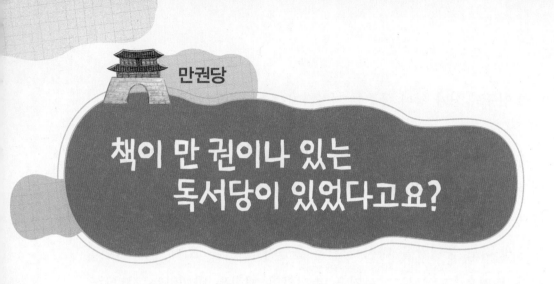

만권당

책이 만 권이나 있는 독서당이 있었다고요?

왕위에서 물러난 충선왕은 귀중한 서적을 모았어요. 독서당인 만권당을 세우기 위해서였어요. 만권당은 1314년에 지금의 베이징에 해당하는 원나라의 수도 연경에 세워졌어요. 책이 만 권 있다고 해서 만권당이라는 이름을 지었지요.

만권당을 세운 충선왕은 유명한 유학자들을 불러 공부하게 했어요. 원의 유학자인 조맹부나 염복 등이 만권당에서 공부를 했지요. 고려의 학자들도 만권당에 와서 공부했어요. 만권당에 온 학자들은 입이 딱 벌어졌어요.

"만 권의 책이 있다더니 정말 귀한 책이 많이 있구나!"

만권당은 그야말로 내로라하는 유학자들이 함께 연구할 수 있는 장이었어요. 이때 만권당에서 주로 연구한 것이 바로 성리학이었어요. 이곳에서 고려의 유학자들은 원의 유학자들에게 성리학을 배우고 고려로 돌아가 성리학을 전할 수 있었지요.

만권당은 성리학 등의 학문뿐만 아니라 고려와 원의 다양한 문화를 서로 나누는 장이기도 했어요.

　　그러나 만권당은 오랫동안 유지되지 못했어요. 1320년에 원의 인종이 죽자 인종의 신임을 받고 있던 충선왕의 지위도 약해졌거든요. 결국에 충선왕은 티베트로 귀양까지 가게 되었어요. 이때 만권당도 자연스레 없어졌을 것으로 추측하고 있답니다.

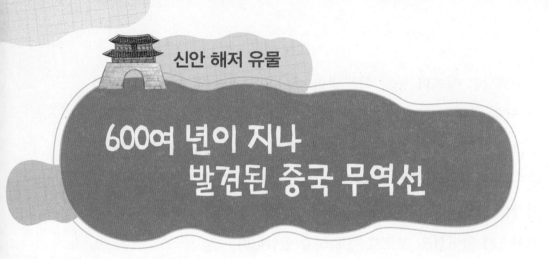

600여 년이 지나 발견된 중국 무역선

바다 깊숙한 곳에 들어가면 가라앉은 보물선이 있을지도 몰라요. 금은보화가 가득한 보물 상자와 반짝거리는 보석이 가득한 보물선 말이에요.

보물선 이야기는 영화 속에나 나오는 이야기라고요? 아니에요. 여기 진짜 보물선이 있어요. 그것도 바로 우리나라의 전라남도 신안에서 발견된 보물선이지요.

신안 해저 유물은 1976년에 신안 앞바다에서 발견되었어요. 어느 날, 한 어부가 바다에 나가 물고기를 잡고 있었어요. 그런데 그물을 끌어당겨 보니 물고기가 아닌 도자기가 걸려 있는 것이 아니겠어요? 이 도자기는 바로 중국의 청자였어요.

바다에서 청자가 나왔다는 소식을 들은 사람들은 바닷속으로 들어갔고, 그곳에서 엄청난 크기의 배를 발견했어요. 많은 사람이 힘을 합쳐 보물선을 인양하는 작업을 같이했지요. 보물선 안에는 중국 동전부터 도자기까지 2만 점이 넘는 온갖 보물이 있었어요.

　이 보물선이 어떻게 해서 우리나라 바닷속에 가라앉게 된 것이냐고요? 그건 이 배가 우리나라 바닷길을 지나가던 중국 무역선이었기 때문이에요. 일본으로 가다가 거센 파도를 만나 그만 가라앉고만 것이지요. 정확한 시기는 알 수 없지만 무역선에서 발견한 물건으로 1323년쯤에 가라앉았다고 추정할 수 있어요.

　신안 해저 유물은 옛날 동아시아의 나라들이 어떤 물건을 거래했고, 어떤 생활을 했는지 알려 주는 중요한 발견이었어요. 그 당시 배의 모습과 생활 모습이 그대로 담겨 바닷속에 오랫동안 가라앉아 있었으니까요.

신안 앞바다에서 발견된 해저 유물들

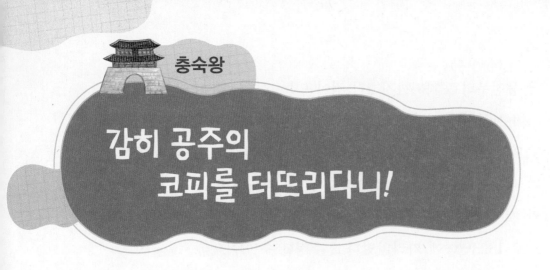

감히 공주의 코피를 터뜨리다니!

충숙왕은 원나라에서 지내다가 20세 때인 1313년에 제27대 왕이 되었어요. 총명하고 글씨를 잘 썼던 충숙왕은 이전의 왕들처럼 원의 복국장 공주와 혼인을 했어요. 하지만 충숙왕도 원의 공주에게 별로 관심이 없었어요.

"오, 내 사랑 덕비!"

충숙왕의 사랑은 또 다른 부인인 덕비를 향해 있었어요. 충숙왕이 덕비만을 가까이하자 공주는 조비를 질투했어요. 질투가 심한 공주는 충숙왕과 사이가 좋지 않았지요.

그러던 어느 날, 공주와 다투다 화가 난 충숙왕이 그만 공주에게 주먹을 날리고 말았어요. 공주의 코에서는 피가 흘렀지요. 그 뒤에도 충숙왕이 공주를 때리는 것을 신하들이 말린 일이 있었다고 해요.

그러다 복국장 공주가 갑작스레 세상을 떠나게 되었어요. 고려에는 충숙왕이 공주를 죽였다는 소문이 퍼졌어요. 당연히 이 소문은 원에도 자연스럽게 흘러들어 갔지요.

"뭐, 충숙왕이 공주를 죽였다고? 당장 조사를 시작하라!"

원은 사신을 보내 공주의 주변 사람들을 조사했어요. 그러자 그중 공주의 요리사였던 한만복은 공주가 충숙왕에게 맞았다고 이야기 했어요. 사신은 한만복을 원으로 붙잡아 갔어요. 하지만 이 사건은 백원항과 박효수가 한만복이 거짓말을 한 것이라고 원에 글을 올려 마무리되었지요.

정말로 충숙왕이 공주를 죽게 한 것인지는 알 수 없어요. 이후 충숙왕은 1330년에 아들인 충혜왕에게 왕위를 물려주었어요. 그런데 1332년에 충혜왕이 나랏일을 잘 돌보지 못한다는 이유로 원에 의해 쫓겨나자 다시 왕위에 올랐답니다.

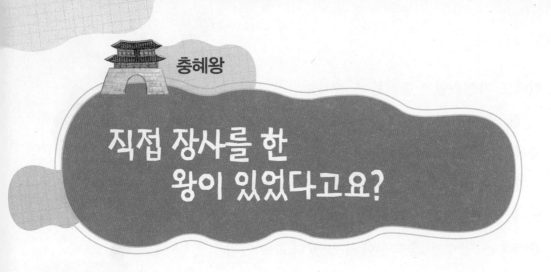

직접 장사를 한 왕이 있었다고요?

나랏일을 잘 돌보지 않아 왕위에서 쫓겨났던 제28대 왕 충혜왕은 충숙왕이 죽자 1339년에 다시 왕위에 올랐어요. 하지만 여자와 술을 좋아하며 노는 데에만 관심을 두던 충혜왕은 결국 1344년에 또다시 왕위에서 쫓겨나게 되지요. 이런 충혜왕에게도 특별한 것이 있었으니 바로 직접 장사를 벌인 일이었어요.

"왕실이 가난하니 술 마시고 놀 돈도 없단 말이야. 내가 직접 돈을 벌어야겠다!"

1342년, 충혜왕은 왕실 창고에 모아 둔 베를 풀어 개경의 시장에 점포를 차려 장사를 했어요. 점포는 오늘날의 상점과 비슷한 거예요. 심지어 그는 장사꾼의 딸을 후궁으로 맞기도 했지요. 후궁이 된 온천 옹주 임씨의 제안으로 궁궐에 방아와 맷돌을 잔뜩 두고 물건을 만들기도 했답니다.

또한 충혜왕은 화폐로 사용하던 은병의 크기를 줄여 소은병을 만들었어요. 화폐의 가치가 커 백성들이 사용하기 힘들었던 은병 대신에 그 가치를 반으로 낮춘 소은병을 사용하게 한 거예요.

충혜왕은 고려뿐만 아니라 외국에서도 장사를 했어요. 무역을 한 것이지요. 상인들에게 금과 은 등의 물건을 가지고 중국에 가서 팔게 했답니다.

고려 시대에는 상업을 존중하고 적극적으로 권했어요. 신분에 상관없이 장사를 해서 돈을 버는 것을 당연히 여겼지요. 그래서 충혜왕도 장사에 마음껏 뛰어들 수 있었던 것이랍니다.

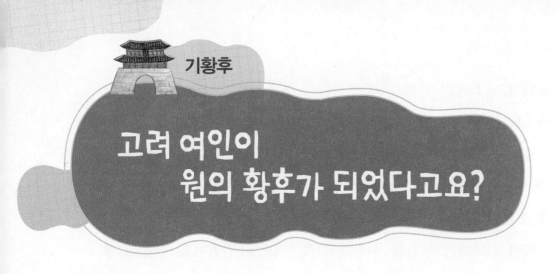

기황후

고려 여인이 원의 황후가 되었다고요?

원나라 황제 혜종이 한눈에 반한 궁녀가 있었어요. 바로 기씨 성을 가진 고려 여인이었지요. 정확하지는 않지만 궁녀 기씨가 공녀로 원에 가게 되었다는 추측이 많아요. 당시 원의 궁녀는 고려에서 공녀로 온 여인이 많았으니까요.

황제는 궁녀 기씨를 황후의 자리에 앉히고 싶었지만 주변의 반대가 심했어요. 고려 여인이 황후가 될 수 없다고 주장한 사람이 많았거든요. 하지만 궁녀 기씨가 황제의 아들을 낳고 그 아들이 황태자가 되자 더는 반대를 할 수 없었지요. 이렇게 해서 고려 여인이 원 황제의 황후인 기황후가 되었답니다. 고려 여인이 황후가 되었다는 소식은 고려에까지 금세 전해졌어요.

"경사 났네, 경사 났어! 기씨 집안에 경사 났네!"

기황후의 가족들은 기뻐서 펄쩍펄쩍 뛰었어요. 고려를 들었다 놓았다 하는 원의 황후가 가족이라니 이제 무서울 것이 없었지요. 그래서 기씨 집안은 기황후를 믿고 제멋대로 굴었답니다. 기황후의 오빠들은 고려 왕도 무섭지 않았어요. 기황후의 가족인 자신들이 고려 왕보다 힘이 세다고 생각했거든요.

기황후와 기씨 집안은 원의 편에 서서 고려의 정치를 마음대로 휘두르기 시작했어요. 이런 상황이니 고려 조정에서는 모두 기황후의 눈치를 보았지요. 기황후는 심지어 공민왕을 몰아내려고 군사를 보내 고려에 쳐들어오기도 했어요. 기황후와 기씨 집안의 난폭함에 모두 고개를 절레절레 흔들었지요.

하지만 원이 몰락하게 되자 기황후도 힘을 잃었어요. 명나라를 세운 주원장이 원을 쓰러뜨리자 기황후를 비롯한 황실 사람들은 몽골 초원으로 도망을 갔어요. 그 뒤에 기황후가 어떻게 되었는지는 전해 내려오지 않고 있답니다.

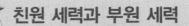

원의 편에 선 고려의 신하들

고려가 원나라의 마음대로 휘둘리고 있을 때 원에 찰싹 붙어서 힘을 키운 세력이 있었어요. 바로 친원 세력과 부원 세력이었지요. 부원 세력은 부원배라고도 불렀는데, 친원 세력과 부원 세력은 의미가 조금 달랐어요.

"원에게 잘 보이려면 몽골 어를 배워야 해."

고려에 온 원의 공주와 신하는 자신들의 말을 통역해 줄 통역관이 필요했어요. 그러자 고려 사람들은 통역관이 되려고 몽골 어를 열심히 배웠지요.

통역을 잘하는 사람은 출세를 했어요. 신분에 상관없이 장사꾼이나 노비도 출세를 할 수 있었지요. 원의 힘으로 출세한 이들은 원과 가깝게 지내며 재산을 늘리고 힘을 키웠어요. 이렇게 원과 친하게 지내며 출세한 이들을 친원 세력이라고 불러요.

몽골이 고려를 침입할 수 있도록 도운 사람도 출세했어요. 홍복

원은 몽골이 고려를 침입할 때 길잡이가 되어 준 사람이었어요. 그의 아들 홍다구도 몽골의 편에 섰어요. 이들은 고려의 입장에서 보면 반역자였지만 원의 입장에서는 충신이나 마찬가지였어요. 그래서 원에서 큰 상을 내렸지요.

원의 편에 선 고려 사람 중에는 아예 고려를 원의 땅으로 만들고 싶어 한 이들도 있었어요. 그래서 고려 땅을 원에게 바치겠다는 편지를 원 황제에게 전하기도 했지요. 이렇게 원과 친하게 지내는 것으로도 모자라 고려에 해를 끼치려고 한 이들을 부원 세력이라고 부른답니다.

고려를 지배하는 것은 우리야!

무신 정권이 무너지고 나자 새롭게 떠오른 권력 집단이 있었으니 바로 권문세족이었어요. 권문세족은 권력을 대대로 잇는 집안이라는 뜻이에요. 권문세족에는 문벌 출신의 귀족 집안도 있고 원에게 잘 보여 출세한 사람도 있었어요. 부원 세력도 포함되었지요. 이들은 많은 재산과 권력을 손에 쥐고 있다는 공통점이 있었어요. 하지만 권문세족의 욕심은 끝이 없어서 더 많은 재산과 땅을 가지고 싶어 했지요.

몽골과의 오랜 전쟁으로 고려에는 주인을 잃고 버려진 땅이 많았어요. 조정에서는 농사를 지을 수 있게 땅을 일군 백성에게 그 땅을 주었어요. 권문세족은 그런 땅까지 탐을 냈지요.

"자, 오늘부터 이 땅은 모두 내 땅이네. 여기 그걸 증명하는 땅문서도 있다고!"

"아니, 이 땅은 소인의 땅이옵니다. 이 땅에 농사지은 지가 몇 년

인데요."

"그럼 농사는 계속 짓도록 하게. 내 노비가 되면 되지."

"아니, 하루아침에 땅을 뺏긴 것도 모자라 노비가 되라니요?"

권문세족은 이렇게 백성들의 땅을 빼앗았어요. 권문세족의 땅은 갈수록 늘어나 농사를 짓는 큰 농장이 되었지요. 농장이 크다 보니 일손이 많이 필요해 노비도 많이 두게 되었는데, 일반 농민도 노비가 되는 경우가 많아졌어요. 힘없고 가난한 농민들은 노비가 되어 권문세족의 농장에서 농사를 지었지요. 그런데 이렇게 노비의 수가 늘어나다 보니 나라에 세금을 내는 백성이 줄어들었어요. 나라의 재산이 줄어들면서 왕권도 약해질 수밖에 없었답니다.

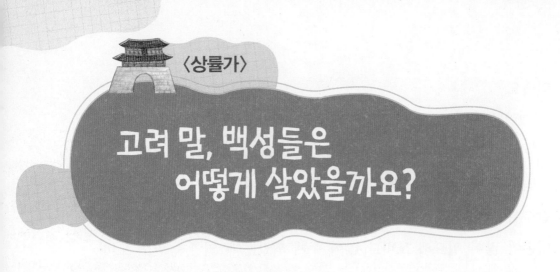

고려 말, 백성들은 어떻게 살았을까요?

고려는 몽골의 오랜 침입으로 땅은 망가지고 백성들은 먹고살기가 힘들어졌어요. 권문세족의 횡포도 더욱 심해졌고요. 고려 말, 이러한 백성들의 고통은 고려의 문학에서도 엿볼 수 있어요.

윤여형이 쓴 시 〈상률가〉도 고려 백성들의 고통을 잘 나타낸 노래예요. 상률은 도토리로, 〈상률가〉는 도토리 노래를 말해요. 크게 네 단락으로 이루어졌는데, 다음은 도토리를 줍는 내용의 단락이에요.

요사이 권세가들 백성의 토지를 빼앗아
산과 강으로 경계를 지어 땅문서를 만든다오
간혹 한 토지에 땅 주인이 많아서
세를 또 받아 가기 쉴 새 없소
혹은 수재나 한재를 당해 흉년일 때에는
해묵은 타작마당에는 풀만 쓸쓸하지요
살을 베끼고 뼈를 긁어 가 아무것도 없으니
관가의 조세는 어떻게 내겠소

장정들은 집을 떠나 흩어져 갔고
노약자만 남아서 거꾸로 달린 종처럼
빈집을 지키누나
차마 몸을 시궁창에 박고 죽을 수 없어
마을 비우고 산에 올라 도톨밤을 줍는다오

〈상률가〉에는 도토리를 줍는 노인이 나와요. 노인은 먹고살 길이
없어 도토리를 주웠지요. 농사를 짓지만 세금을 내고 나면 남는 것
이 없었거든요. 반면 세금을 받는 권문세족은 가지고 있는 땅의 경
계를 산이나 강으로 지을 만큼 땅이 많았어요. 백성들과 권문세족
의 삶은 이렇듯 크게 달랐답니다.

고려 백성들은 숱한 전쟁으로 많은
어려움을 겪어야 했어요. 게다가
권문세족의 횡포까지 더해져 일
반 백성들의 삶은 점점 더 고
달파졌답니다.

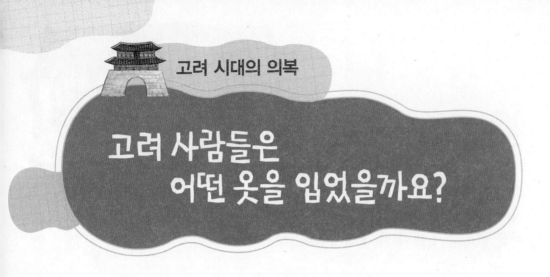

고려 사람들은 어떤 옷을 입었을까요?

고려의 귀족 여인들은 얼굴을 다 드러내는 것을 창피하다고 생각했어요. 그래서 외출할 때면 얼굴을 가렸답니다. 이때 얼굴을 보이지 않으려고 몽수라는 쓰개를 덮어 썼어요. 몽수는 중국을 거쳐 고려로 들어왔다고 전해져요.

몽수에는 천이 길게 늘어져 있어 얼굴을 가릴 수 있었어요. 하지만 고려의 귀족 여인들은 그것도 모자라 얼굴을 가리는 부채도 들고 다녔어요. 물론 일반 백성들도 몽수를 썼지만, 그 모양이 귀족과는 달랐어요. 아래로 내리지 않고 머리 위로 접어 올렸는데, 얼굴을 가리기 위함이 아니라 일을 편하게 하기 위해서였어요. 이러한 몽수는 조선 시대로 들어오면서 그 길이가 점점 짧아졌지요.

고려 시대에는 관리들이 입는 관복 외에는 비단옷을 금했어요. 그래서 고려 사람들은 신분과 상관없이 저고리 위에 백저포를 걸쳤어요. 백저포는 모시로 만든 흰색 겉옷을 말해요. 귀족이라고 해서 화려한 비단옷을 입지 않았답니다.

또한 고려의 관리들은 벼슬에 따라 옷이 달랐어요. 높은 벼슬아
치는 자주색 옷을 입었고, 낮은 벼슬아치는 초록색 옷을 입었지요.
하급 장교는 검은색 옷을 입었고요.

고려 사람들의 머리는 어땠을까요? 혼인하지 않은 여자들은 붉은
비단이나 줄로 묶은 다음 자연스럽게 아래로 늘어뜨렸어요. 혼인한
여자들은 오른쪽으로 머리를 모아 묶은 후 귀 옆으로 말아 올려 붉
은 비단으로 묶었어요. 그리고 여기에 작은 비녀를 꽂고 나머지 머
리는 아래로 내려뜨렸어요. 남자들은 끈으로 묶어서 늘어뜨렸다가
혼인하면 상투를 틀어 올리고 두건을 썼답니다.

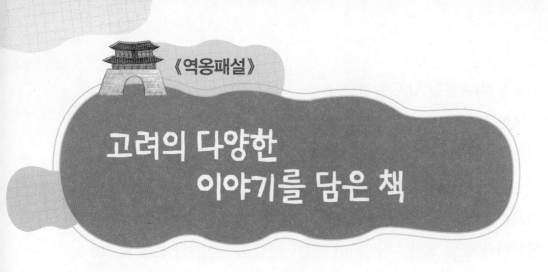

《역옹패설》

고려의 다양한 이야기를 담은 책

충혜왕 때인 1342년에 56세의 나이로 벼슬에서 물러난 이제현은 《역옹패설》이란 책을 썼어요. 역옹은 이제현의 호이고 패설은 백성들 사이에 전해 내려오는 이야기라는 뜻이에요. 이 책에서는 고려가 원나라의 지배를 받아야 하는 안타까움과 고려 사람으로서 주체성을 가져야 함을 강조했어요. 또한 고려의 역사적 사건, 고려와 중국의 문학도 다루었지요. 《역옹패설》은 고려 사회의 모습과 문학을 살펴볼 수 있는 귀중한 자료랍니다. 《역옹패설》에는 어떤 이야기가 있는지 알아볼까요?

고려 때 문인 홍순과 이순이 있었어요. 두 사람은 종종 물건을 걸고 내기 바둑을 두었는데 이순이 매번 졌지요. 물건을 많이 빼앗긴 이순은 마지막으로 아끼는 거문고를 걸고 바둑을 두었지만 또 홍순에게 졌어요.

이순은 거문고를 홍순에게 주면서 말했어요.

"이 거문고는 워낙 오래되어 귀신이 붙어 있으니 조심하시오."

겁이 많은 홍순에게 이순이 농담을 한 거예요.

그러던 어느 몹시 추운 겨울이었어요. 이순에게 받은 거문고의 줄이 갑자기 끊어지면서 쩽하는 소리가 났어요. 홍순은 덜컥 겁이 났어요. 거문고에 붙어 있는 귀신이 내는 소리라고 생각했지요. 그래서 복숭아나무 채찍으로 거문고를 마구 때렸어요. 복숭아나무는 옛날부터 귀신을 쫓는다는 이야기가 있었거든요. 하지만 거문고는 치면 칠수록 더욱 소리를 냈어요. 아무 소용이 없자 홍순은 이순의 집으로 거문고를 돌려보냈어요.

그런데 거문고에 난 회초리 자국을 본 이순은 이렇게 말하는 것이 아니겠어요?

"내가 이 거문고가 두렵던 차에 다른 사람에게 넘기게 되어 안심했는데 어째서 도로 돌려준단 말인가."

이순이 받기를 거절하자 홍순은 그동안 바둑에 이겨서 받았던 물건들과 함께 거문고를 다시 돌려보냈어요. 그러자 이순은 어쩔 수 없다는 듯이 물건들을 받았답니다.

섭정 정치

할머니가 대신 정치를 해 드리겠습니다!

나라의 왕이 된다면 어떨까요? 온갖 어려운 나랏일을 돌보아야 하고 나이가 훨씬 많은 신하에게 명령도 해야 해요. 학문이 신하보다 뒤처지면 안 되기에 공부도 열심히 해야 하고요. 옛날에는 아주 어린 나이에 왕이 되기도 했어요. 충목왕과 충정왕처럼요.

충목왕은 8세 때 아버지 충혜왕의 뒤를 이어 제29대 왕이 되었어요. 정치를 하기에는 너무 어린 나이였지요. 그래서 충목왕의 어머니인 덕녕 공주가 섭정을 했어요. 섭정은 대신 정치를 하는 것을 말한답니다.

덕녕 공주는 백성을 위하고 나라를 잘 다스렸어요. 백성의 질병을 치료하는 진제도감이라는 기관도 설치했어요. 예종 때 만든 구제도감을 본떠 만들었지요.

이렇게 덕녕 공주가 충목왕을 대신해서 나랏일을 하는 동안 충목왕은 병에 걸려 건강이 점점 나빠졌어요. 덕녕 공주는 충목왕을 지극정성으로 돌보았어요. 기도를 드리기도 하고 충목왕을 위해 지은 절에서 지내게 하기도 했지요. 그런데도 충목왕은 건강이 나빠져 1348년에 12세의 어린 나이로 세상을 떠나고 말았답니다.

충목왕의 뒤를 이은 왕은 제30대 왕 충정왕이었어요. 충정왕은 충혜왕과 희비 윤씨 사이에서 태어났지요. 충정왕이 왕위에 올랐을 때의 나이도 겨우 12세였어요. 덕녕 공주는 충정왕의 정치에도 관여했는데 이때 희비 윤씨와 대립했어요. 권력 다툼이 일어나고 왜구의 침입으로 나라가 어수선해지자, 육택과 이승로 등은 충정왕이 나랏일을 하기에는 너무 어리다며 폐위시켜 달라고 원나라에 요청했어요. 결국 충정왕은 폐위당해 강화도로 추방되었다가 1년 뒤에 독살을 당해 생을 마감했답니다.

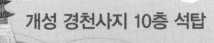

너무 아름다워서 수난을 당한 석탑

국립 중앙 박물관에 가면 개성 경천사지 10층 석탑을 볼 수 있어요. 그런데 이 석탑은 지금까지 본 석탑과는 모양이 왠지 색달라 보여요. 박물관 안에 석탑이 있는 것도 신기하고요. 이 석탑은 어떻게 해서 여기에 세워지게 된 것일까요?

개성 경천사지 10층 석탑은 높이가 13.5미터예요. 원래 이 석탑은 개성에 있던 경천사라는 절에 있었어요. 충목왕 때 원나라의 기술자가 와서 함께 만든 이 석탑은 대리석으로 만들어졌는데 석탑 전체에 불교와 관련된 그림이 조각되어 있어요. 완성된 모습은 무척이나 아름답지요.

시간이 지나 경천사는 없어지고 그 자

개성 경천사지 10층 석탑

84

리에는 석탑만 남았어요. 그런데 대한 제국 말에 이 석탑을 다나카 미스야키라는 일본 사람이 몰래 가져가 버렸어요. 많은 사람이 석탑을 돌려 달라고 요구해 어렵게 돌려받았어요. 하지만 석탑은 층층이 분리된 상태였어요. 그 당시에는 석탑을 다시 세울 기술이 없어서 보관만 하고 있었어요. 그러다가 1960년에 경복궁에 다시 세워졌지요.

그런데 이번에는 산성비가 대리석을 망가뜨리는 바람에 다시 옮겨야 했어요. 결국 개경 경천사지 10층 석탑은 국립 중앙 박물관으로 옮겨져 2005년에 사람들 앞에 모습을 드러냈어요. 이곳저곳으로 옮겨 다녀야 했던 석탑의 수난이 드디어 끝났답니다.

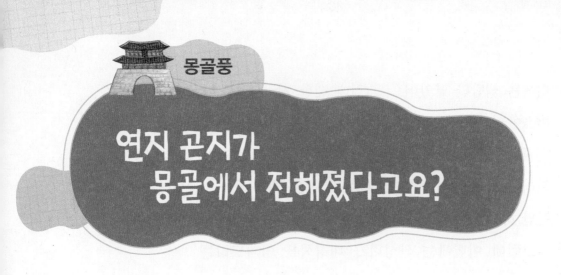

연지 곤지가
몽골에서 전해졌다고요?

"신랑 신부가 저기 있구먼!"

"아유, 연지 곤지를 곱게 찍은 신부가 참 예쁘네요."

전통 혼례를 치르는 신부의 볼과 이마에 붉은색 연지 곤지가 찍혀 있네요. 연지 곤지는 붉은색이 나쁜 기운을 물리친다는 주술적인 의미가 담겨 있는 화장 기법의 하나예요. 그런데 몽골의 풍습이 고려에 전해져 이 연지 곤지가 생겨났다는 사실을 알고 있나요? 그뿐만이 아니에요. 신부 머리에 쓰는 족두리와 두루마기, 저고리도 몽골의 영향을 받은 것이랍니다.

원나라는 고려의 풍습을 그대로 지킬 수 있도록 약속했어요. 하지만 서로 자주 오가다 보니 몽골의 풍습은 자연스럽게 고려에 유행하게 되었어요. 이렇게 몽골의 여러 가지 생활 문화를 따랐던 풍습을 '몽골풍'이라고 해요.

"마마, 수라를 대령하였사옵니다."

마마는 왕과 왕족을 높여 부를 때 쓰는 말이에요. 수라는 왕에게 올리는 밥상을 말하지요. 마마와 수라 역시 모두 원에서 온 말이에요. 원의 공주와 신하가 궁궐에 들어오면서 궁궐에서 쓰는 말도 원의 영향을 많이 받게 된 것이지요. 장사치나 벼슬아치에서 '치'라는 말도, 잔심부름을 하는 시종을 가리키는 무수리도 모두 몽골 어에서 비롯된 말이랍니다.

원에서 유행한 고려 문화

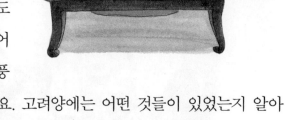

원나라의 풍습이 고려에 영향을 주었듯이 고려도 원에 많은 영향을 주었어요. 원에 유행한 고려의 풍습을 '고려양'이라고 불러요. 고려양에는 어떤 것들이 있었는지 알아볼까요?

"붓글씨를 써야 하는데 종이가 어디 있느냐?"

"여기 있습니다요."

"이 종이 말고 고려 종이를 가져오너라. 고려 종이에 써야 글씨가 잘 써진다니까!"

원에서 신분이 높은 사람들은 고려 종이에 글씨를 썼어요. 또한 고려의 나전 칠기와 고려청자, 화문석으로 집을 꾸몄지요. 이렇게 고려의 공예품은 원에서 인기를 끌었답니다.

원에 간 고려 여인들도 고려 문화를 자연스레 원에 전하게 되었어요. 고려 여인들이 공녀가 되어 원으로 끌려갈 때 많은 부모는 딸에게 반지를 정표로 끼워 주었어요. 이때 여인들이 끼고 간 반지가 원에서 유행했답니다.

원으로 간 공녀들은 대개 원 황실에 들어가 궁녀가 되거나 귀족의 부인, 시종이 되었어요. 공녀들은 거의 살림을 도맡아 했는데, 그러다 보니 고려의 생활이 자연스레 원에 스며들게 된 거예요.

"이 음식의 이름은 무엇이지? 아주 맛이 좋구나."

"고려의 떡이옵니다."

"허허, 고려의 음식은 맛이 아주 좋구나!"

떡이나 잣, 인삼주 등 고려의 음식은 물론이고 옷이나 신발도 고려의 것이 유행했어요. 궁녀로 원 황실에 들어간 고려 여인들의 뛰어난 악기 솜씨로 고려 음악이 유행하기도 했고요. 이렇게 원에는 고려의 다양한 문화가 전해지게 되었답니다.

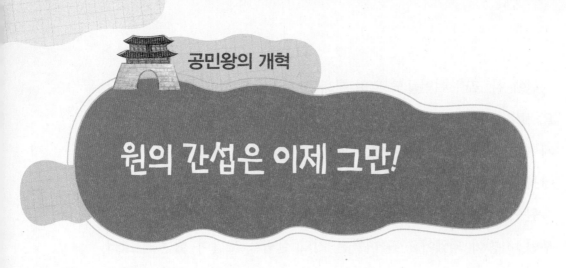

원의 간섭은 이제 그만!

원나라는 나이가 너무 어린 충정왕 대신 공민왕을 제31대 왕으로 왕위에 올렸어요. 하지만 공민왕은 즉위하자마자 원의 간섭에서 벗어나기 위한 반원 정책을 펼쳤어요. 그래서 원에서 내려 준 '충' 자를 쓰지 않고 이전 왕들의 이름도 '충' 자를 '효' 자로 바꾸었어요. 이전 왕들에게 앞으로 효도를 다하겠다는 뜻이었지요. 충렬왕은 경효왕, 충숙왕은 의효왕 등으로 이름을 바꾸었답니다.

"이제부터 변발을 하지 않도록 하라."

공민왕은 변발을 하지 않고 옷도 원의 옷 대신에 고려의 옷을 입었어요. 또한 원이 철령 이북 땅을 관리하기 위해 설치한 쌍성총관부를 없애고 그 땅을 되찾았어요.

원을 섬기던 친원 세력은 공민왕이 못마땅했어요. 대표적으로 기황후의 오빠인 기철이 있었지요. 동생이 원의 황후가 되자 기철의 콧대는 하늘을 찔렀어요. 기철은 기황후에게 일러 왕을 바꾸려고 했어요. 이 사실을 안 공민왕은 기철과 친원 세력을 죽이고 몰아내 버렸어요.

"친원 세력들이 빼앗은 땅을 백성들에게 돌려주도록 하라!"

그러자 억울하게 땅을 빼앗겼던 백성들은 기뻐했지요.

공민왕은 원의 간섭에서 벗어나겠다고 다짐하며 본격적인 반원 정책을 펼쳐 나갔답니다.

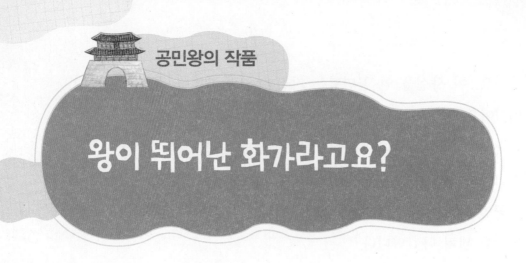

왕이 뛰어난 화가라고요?

공민왕은 예술에 뛰어난 재능이 있었어요. 음악을 좋아했고, 뛰어난 문장가인 데다가, 그림도 잘 그렸지요. 왕이면서 고려의 뛰어난 예술가이기도 했답니다.

공민왕이 그린 작품으로는 〈천산대렵도〉와 〈노국대장공주진〉, 〈석가출산상〉, 〈아방궁도〉 등이 있어요. 작품들은 실제와 똑같은 완벽한 묘사로 뛰어났다고 해요.

그중 〈천산대렵도〉는 천산에서의 수렵 장면을 그린 그림이에요. 곤륜산의 북쪽인 음산에서의 사냥 모습을 표

공민왕이 그린 〈천산대렵도〉

현했다는 뜻에서 〈음산대렵도〉라고도 부르지요. 〈천산대렵도〉에는
말을 타고 사냥하는 두 인물이 있는데 인물의 움직임과 말의 움직
임이 실제로 움직이는 것같이 생동감이 넘쳐 뛰어난 작품으로 인정
받고 있어요.

공민왕은 그림 말고도 글씨를 쓰는 실력도 뛰어났어요. 영주 부
석사 무량수전의 현판과 안동 영호루의 현판은 공민왕이 직접 쓴
글씨랍니다.

내 땅을 돌려받겠다!

원나라는 고려 땅을 빼앗아 지배하기도 했어요. 평안도 지역인 자비령 이북 땅에는 동녕부를 설치하고, 함경도 지역인 철령 이북 땅에는 쌍성총관부를 설치해 지배했어요. 제주도에는 탐라총관부를 설치해 지배했고요. 고려는 땅을 되찾기 위한 오랜 노력 끝에 충렬왕 때 자비령 이북 땅을 돌려받았고, 제주도는 말을 계속 대는 조건으로 돌려받았어요. 이제 쌍성총관부가 있는 철령 이북 땅만 남게 되었어요.

"고려 땅을 지배하고 있는 쌍성총관부를 몰아내겠다!"

공민왕은 쌍성총관부를 몰아내고 그 땅을 되찾기로 결심했어요. 그래서 유인우가 이끄는 군사를 보내 쌍성총관부의 공격을 명령했어요.

여기에는 이성계의 아버지인 이자춘이
함께하기로 했지요. 당시에 이자춘은 쌍성총관부가
있는 지역에서 원에게 벼슬을 받아 다스리고 있었어요. 그 지역
에 대해서는 누구보다 잘 알고 있었지요.

1356년 4월, 공민왕의 명을 받은 유인우가 이끄는 군사가 쌍성총
관부로 향했어요. 그리고 이자춘의 도움을 받아 쌍성총관부를 도
로 빼앗아 그 지역을 되찾는 데 성공했어요. 100여 년 만에 빼앗긴
땅을 모두 찾은 것이지요. 아버지 이자춘과 함께 싸운 이성계는 이
전투를 계기로 서서히 이름을 알리기 시작했답니다.

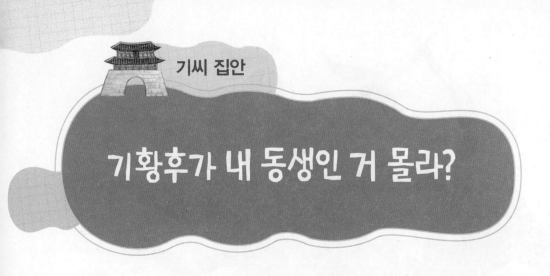

기황후가 내 동생인 거 몰라?

고려 여인인 기씨가 원나라의 황후가 되자 고려에 있는 가족은 원에게서 높은 벼슬을 받았어요. 하루아침에 큰 권력을 손에 쥔 가족은 두려울 것이 없었어요. 원의 황후가 가족이니 고려 왕도 두렵지 않았지요. 기황후의 오빠들뿐만 아니라 일가친척 모두 기황후를 등에 업고 횡포를 부렸어요.

"자네 땅이 아주 좋아 보이는데?"

"네, 농사가 제법 잘됩니다."

"그래? 그럼 오늘부터 이 땅은 나한테 주게나. 알지? 나 기황후의 오라비라네."

기씨 집안사람들은 마음에 드는 땅이 있으면 마음대로 빼앗았어요. 남의 노비를 데려가기도 했고요. 하지만 이런 기씨 집안의 행패에 아무도 말을 못했어요. 대원 제국의 황후인 기황후의 가족이었으니까요.

기황후의 오빠들은 대표적인 부원 세력이기도 했어요. 공민왕이 원의 간섭에서 벗어나기 위한 반원 정책을 펼치자, 기씨 집안은 영 못마땅했지요.

"감히 원에게서 벗어나려고 해? 기황후에게 알려서 왕을 바꾸어 야겠어."

기철과 부원 세력은 공민왕을 왕의 자리에서 몰아내고 새로운 왕을 앉히고자 반역을 꾀하기까지 했어요.

하지만 이 사실을 미리 알아차린 공민왕은 1356년에 기철과 부원 세력을 모두 없애 버렸어요. 그리고 기황후를 등에 업은 기씨 집안의 부귀영화도 끝을 맺게 되었지요. 하지만 이로 인해 원에 있는 기황후의 복수가 시작되었답니다.

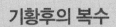

공민왕을 몰아내라!

가족들이 공민왕에게 죽임을 당했다는 소식은 곧 기황후에게도 전해졌어요.

"뭐라고, 오라버니들이 죽었단 말이냐!"

기황후는 화가 머리끝까지 났어요.

"원나라의 이 황후가 우습게 보인 모양이로구나. 내가 가만히 있을 것 같으냐?"

기황후는 공민왕을 왕의 자리에서 몰아내고 충선왕의 셋째 아들인 덕흥군을 고려 왕으로 세울 계획을 짰어요.

1363년, 기황후의 계획에 함께한 김용이 공민왕을 없애려고 공민왕이 지내고 있던 흥왕사로 갔어요. 그 당시 공민왕은 홍건적의 침입으로 궁궐이 불에 타 흥왕사에서 머물고 있었지요.

잠자리에 든 공민왕에게 환관 이강달이 급히 달려왔어요.

"전하, 원에서 보낸 자객이 오고 있사옵니다. 어서 자리를 피하시옵소서."

공민왕은 이강달의 도움으로 재빨리 도망쳤어요. 공민왕의 침실에는 환관 안도치가 대신 누워 있다가 죽임을 당했어요. 김용은 죄를 속이려 했지만 결국 밝혀져서 벌을 받게 되었지요.

공민왕에 대한 공격은 이것이 끝이 아니었어요. 기황후는 1364년에 고려 출신인 최유가 이끄는 군사 1만 명을 보내 고려를 공격했어요. 하지만 이성계와 최영의 군대가 물리쳤지요. 그러자 기황후는 더는 공민왕을 왕의 자리에서 끌어내리려 하지 않았어요. 반란 세력이 커지면서 원의 정세가 불안해지고 있었거든요. 고려를 신경 쓸 여력이 없었지요. 원의 간섭이 주춤해지고 더불어 기황후의 힘도 약해졌답니다.

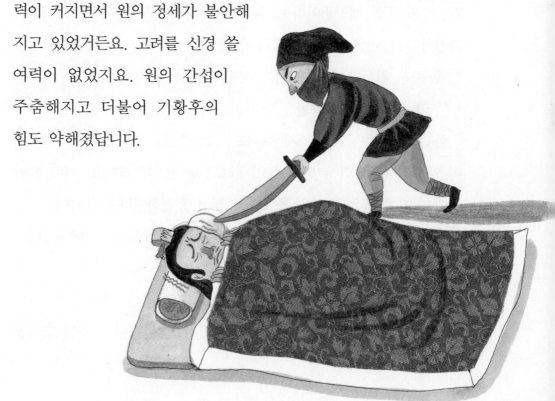

홍건적을 물리쳐라!

원나라를 세운 몽골은 중국 땅을 정복하고 그곳에 살고 있던 중국 사람들을 다스렸어요. 그런데 원은 이 중국 사람들을 차별했어요. 원은 몽골 제일주의라는 원칙을 내세웠는데, 말 그대로 몽골이 제일이라는 사상이었어요. 몽골이 중국을 정복할 때 끝까지 저항했던 한족은 최하층이 되어 더욱 심한 차별을 당했어요.

"우리가 왜 이렇게 차별을 받아야 한단 말이야?"

한족의 불만은 점점 커져 갔어요. 그들은 원 세조가 죽고 원의 힘이 약해진 틈을 타서 원을 몰아내려고 난을 일으켰어요. 이때 반란군이 머리에 붉은 두건을 둘렀다고 해서 홍건적이라고 불렀어요.

홍건적은 1359년 12월에 고려에도 쳐들어왔어요. 홍건적을 이끄는 관선생이 공민왕에게 항복을 요구했지요.

"장군들이 가서 홍건적을 몰아내고 오시오."

공민왕은 안우, 이방실 등에게 명령했어요. 이들이 이끄는 고려군은 1360년 2월에 홍건적을 몰아내는 데 성공했어요. 하지만 홍건적은 1361년 10월에 다시 고려를 침입해서 개경까지 쳐들어왔지요. 이에 안우, 이방실, 최영, 이성계 등이 이끄는 고려군은 1362년 1월에 개경에서 홍건적을 다시 한 번 몰아냈답니다. 이때 이성계는 큰 공을 세웠지요.

홍건적은 몰아냈지만, 고려는 전쟁으로 궁궐이 불에 타고 많은 군사와 백성이 죽는 등 피해가 무척 컸어요. 홍건적의 난으로 고려는 더욱 위태로워졌고 이 사건은 훗날 고려가 멸망하는 데에까지 영향을 끼치게 되었답니다.

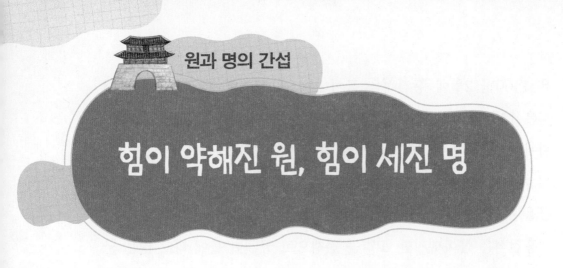

힘이 약해진 원, 힘이 세진 명

빠른 시간에 많은 나라를 정복하고 우뚝 선 원나라의 강한 힘도 영원하지는 않았어요. 원 세조가 죽자 원의 힘은 점점 약해졌고, 원에 불만이 있던 홍건적이 전쟁을 일으키기 시작했어요. 이 홍건적을 이끈 주원장이 결국 원을 몰아내고 명나라를 세웠지요.

"이제 원이 아니라 명이라고?"

"그렇다네. 몽골 사람들은 중국 북쪽으로 쫓겨났다는구먼."

원을 이끌던 세력들은 중국 북쪽으로 쫓겨나 다시 북원을 세웠지만 힘이 많이 약해졌어요.

"그럼 이제 고려는 어떻게 되는 거지?"

"이제 자유가 된 것 아닌가?"

공민왕은 명과 외교 관계를 맺었어요. 원에게서 벗어나기 위함이었지요. 하지만 여전히 북원과 가깝게 지내야 한다고 주장하는 사람들도 있었어요. 그들은 주로 원과 가깝게 지내 출세를 한 권문세

족이었어요. 하지만 북원의 힘이 점점 약해지자 이런 주장은 사라졌어요. 북원에서 보낸 사신의 요구도 점점 무시할 수 있게 되었답니다.

명은 처음에 고려와 좋은 관계를 유지했어요. 그런데 시간이 흐를수록 명도 고려에게 지나친 요구를 하기 시작했지요. 원이 그랬던 것처럼 말이에요. 명이 지나치게 요구한 조공을 바치느라 고려 왕실에서는 애를 먹었어요. 이렇게 되자 고려에서는 명을 공격해야 한다는 목소리가 나오기 시작했어요.

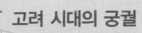

고려의 궁궐터, 만월대

고려 왕들은 어떤 궁궐에서 지냈을까요? 안타깝지만 지금은 고려 궁궐의 모습을 볼 수 없어요. 공민왕 때인 1361년에 홍건적의 침입으로 개경의 고려 궁궐이 불타고 말았거든요. 고려 궁궐이 있던 자리를 만월대라 하는데, 이 남아 있는 궁궐터로 고려 궁궐의 크기와 건물의 배치가 어떠했는지 예상해 볼 수 있답니다.

만월대는 개성 송악산 남쪽 기슭에 자리하고 있어요. 홍건적의 침입으로 폐허로 남아 있던 것을 8·15 광복 이후 발굴했지요.

만월대의 가운데에는 나랏일을 돌보는 회경전이 있었어요. 회경전의 북쪽에

만월대에서 출토된 **새 모양 토기와 벽돌**

는 왕실의 보물을 보관하는 장화전과 비상시에 신하들과 회의를 하던 원덕전이 있었고요. 서북쪽에는 사신을 접대하던 건덕전과 희빈들이 지내던 만령전이 있었답니다. 왕의 침전은 회경전의 서쪽에 있고 동쪽에는 세자가 지내던 좌춘궁이 있었지요. 그 밖에도 책을 보관하는 임천각 등 많은 건물이 있었다고 해요. 만월대에는 지금도 궁궐터와 돌계단이 남아 있어요.

고려 궁궐은 특이하게도 건물의 높낮이와 배치를 땅의 생김새에 맞추어 자연스럽게 지었어요. 일부러 땅을 깎거나 하지 않고 말이에요. 높은 축대를 쌓고 계단식으로 건물을 세웠지요.

만월대에서는 동물 머리 모양의 돌조각과 철제 장식 같은 다양한 유물이 발굴되어 소중한 자료가 되었어요. 이때 나온 많은 기와 조각은 당시 고려 궁궐의 지붕이 어떤 모양이었는지 예상하는 데 도움이 되었지요. 현재 만월대는 북한의 국보 문화유물 제 122호로 지정되어 있답니다.

신진 사대부의 등장

성리학으로 새로운 고려를 이끌겠소!

공민왕은 개혁의 한 방법으로 성균관에 대한 지원을 늘렸어요. 성균관은 성종이 세운 고려 시대의 국립 대학인 국자감을 충렬왕 때 성균감으로 이름을 고쳤다가 공민왕 때 성균관으로 바꾸면서 조선 시대까지 이어졌지요.

공민왕은 성균관의 학생들이 성리학을 배우게 했어요. 성균관에서 성리학을 배우고 과거에 급제해서 관리가 된 사람들을 신진 사대부라고 불렀어요. 사대부에서 '사'는 학자를 뜻하고 '대부'는 관리를 뜻해요. 즉, 신진 사대부는 학자이자 나랏일을 하는 새로운 관리를 뜻했지요. 원래 자리 잡고 있던 권문세족과는 다른 새롭게 생겨난 세력이에요. 이색, 정몽주, 정도전, 권근 같은 사람들이 대표적인 신진 사대부였어요. 신진 사대부들은 공민왕의 지지를 받으며 나랏일을 도왔지요.

신진 사대부는 권문세족과 불교 때문에 고려가 망해 간다고 강하게 주장했어요.

"백성을 위로해야 할 불교가 백성과 고려를 오히려 힘들게 하고 있지 않소이까!"

"권문세족의 횡포가 심해 백성들이 힘들어하고 있소이다."

신진 사대부는 잘못된 상황을 바로잡아야 한다고 주장했어요. 불교가 아닌 성리학을 바탕으로 삼아서 말이에요. 신진 사대부는 공민왕을 적극적으로 도우며 개혁을 준비했어요. 그런데 공민왕이 죽게 되면서 개혁은 온전히 신진 사대부의 몫이 되었어요.

신진 사대부는 홍건적과 왜구를 물리치며 권력을 키워 나가고 있는 이성계와 힘을 합쳤어요. 권문세족이 이미 큰 권력을 가지고 있어서 신진 사대부가 권력을 가지기는 힘들었거든요. 그래서 이성계와 같이 큰 힘을 가지고 있는 사람이 필요했지요. 신진 사대부는 이성계와 함께 개혁을 준비했답니다.

이성계 장군, 우리 함께 개혁합시다!

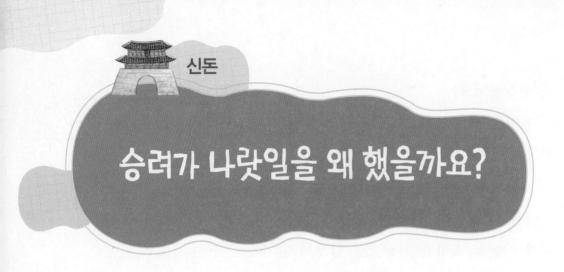

승려가 나랏일을 왜 했을까요?

공민왕은 어느 날 꿈을 꾸었어요. 어떤 사람이 칼을 들고 자신을 죽이려 하는데 한 승려가 달려와 구해 주는 꿈이었지요. 꿈을 꾸고 얼마 지나지 않아 공민왕은 김원명에게 신돈을 소개받았어요. 그런데 신돈을 본 공민왕은 깜짝 놀랐어요. 신돈이 공민왕이 꿈에서 본 승려와 똑같이 생겼기 때문이었어요. 깜짝 놀란 공민왕은 신돈과 가까이하며 지내기 시작했어요.

신돈은 공민왕의 개혁을 함께 도왔어요. 공민왕은 노국 대장 공주를 잃은 지 얼마 되지 않았기 때문에 신돈에게 더욱더 의지를 했답니다.

공주를 잃은 슬픔에 빠진 공민왕은 나랏일에 점점 관심을 잃었어요. 그러다가 1365년에는 신돈에게 나랏일을 모두 맡겨 버렸어요. 신돈은 공민왕을 대신해서 개혁에 힘썼지요. 전민변정도감을 만들어 권문세족에게 빼앗긴 백성들의 땅을 다시 돌려주고 노비도 풀어 주었어요.

공민왕에게 신돈은 둘도 없는 스승이었어요. 하지만 신돈을 바라보는 권문세족은 그렇지 못했지요. 공민왕을 도와 개혁을 하려 했던 신진 사대부들의 시선도 곱지만은 않았어요. 자신들의 자리에 신돈이 있는 것이나 다름없었으니까요.

그러다가 신돈은 왕의 힘만 믿고 오만해져서 점점 나쁜 짓을 많이 저질렀어요. 이를 빌미로 평소 신돈을 눈엣가시로 여기던 권문세족이 신돈을 몰아내려고 했어요. 결국 신돈은 공민왕의 신임을 잃고 죽임을 당하게 되었답니다.

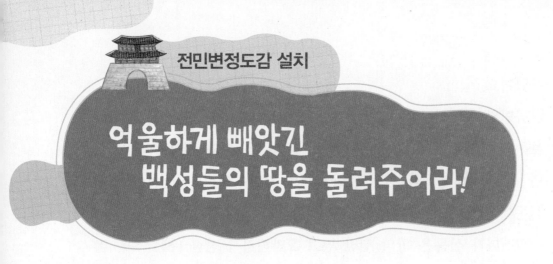

억울하게 빼앗긴 백성들의 땅을 돌려주어라!

권문세족에게 땅을 빼앗기거나 빚을 갚지 못해 하루아침에 노비가 된 백성들에게 반가운 소식이 들렸어요. 바로 전민변정도감이라는 새로 생긴 관청에서 날아온 소식이었지요.

신돈은 전민변정도감을 설치할 것을 공민왕에게 요청했어요. 전민변정도감은 빼앗긴 땅을 백성들에게 돌려주고 강제로 노비가 된 백성을 다시 양인으로 바꾸어 주기 위해 만든 관청이었어요.

"부당하게 빼앗은 땅을 즉각 돌려주지 않으면 엄히 다스릴 것이오. 또한 억울하게 노비가 된 백성들은 신고를 하면 모두 양인으로 만들어 주겠소."

그 당시 고려에는 권문세족에게 부당하게 땅을 빼앗긴 백성이 많았어요. 게다가 평범한 백성이던 양인이 하루아침에 권문세족의 노비가 되는 일도 많았지요.

"이제 노비에서 벗어날 수 있게 되었구나. 만세!"

노비에서 벗어난 백성들은 기뻐했어요. 반대로 오랫동안 떵떵거리고 살아온 권문세족은 부글부글 화가 끓어올랐어요. 하지만 땅을 돌려줄 수밖에 없었지요.

"내가 어떻게 모은 땅인데 내놓아야 하다니!"

전민변정도감의 설치로 권문세족의 힘은 약해졌어요. 땅을 돌려준 권문세족은 재산이 줄어들고, 양인이 된 백성은 세금을 내니 나라의 재정은 늘어나게 되었지요.

백성들의 인기를 얻은 전민변정도감은 권문세족에게는 불만을 샀어요. 그래서 권문세족은 신돈을 몰아낼 기회를 호시탐탐 노렸어요. 결국 신돈이 물러나게 되면서 전민변정도감의 개혁은 실패로 돌아가고 말았답니다.

노국 대장 공주의 무덤

10년 동안 만든 무덤이 있다고요?

원나라에서 정해 준 혼인이었지만 공민왕은 노국 대장 공주를 진심으로 사랑했어요. 공주는 원의 사람이었지만 공민왕의 반원 정치를 지지해 주었어요. 그랬던 공주가 아이를 낳다가 죽자 공민왕의 마음은 찢어지는 듯 아팠어요. 공민왕은 밤낮으로 슬피 울기만 했고, 신하들은 공민왕이 병이 날까 걱정했지요.

그 후 공민왕은 무려 10년에 걸쳐 공주의 무덤을 만들었어요. 공주의 무덤을 만드느라 나랏돈을 낭비했지만 개의치 않았어요. 공주가 떠난 뒤로 나랏일에도 관심을 잃었지요. 후에 공민왕은 죽어서 공주의 무덤 바로 옆에 묻혔답니다.

공민왕과 노국 대장 공주 영정

종묘에 가면 공민왕과 노국 대장 공주를 함께 그린 영정을 볼 수 있어요. 종묘는 조선 시대 왕과 왕비의 위패를 모신 사당이지요. 그런데 왜 고려 왕인 공민왕의 위패가 종묘에 있느냐고요? 공민왕의 신당이 종묘에 있게 된 데에는 이런 이야기가 전해 내려오고 있어요.

새 나라 조선을 세운 다음 이성계는 종묘를 지으라고 명령했어요. 그런데 종묘를 짓는 중에 갑자기 회오리바람이 불어오더니 공민왕의 영정이 뚝 떨어졌대요. 그래서 이를 하늘의 뜻이라 여긴 이성계는 그 영정을 모시기 위해 종묘에 공민왕의 신당을 지었다고 해요.

공민왕의 영정에는 공민왕과 노국 대장 공주가 함께 그려져 있었어요. 왕과 왕비가 영정 안에 나란히 그려진 경우는 거의 없어요. 왕과 왕비의 사랑을 영정에서도 차마 갈라놓지 못한 것은 아닐까요?

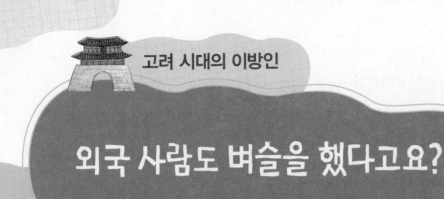

외국 사람도 벼슬을 했다고요?

고려에는 많은 외국 사람이 들어와서 지내고 있었어요. 그중에는 물건을 사고파는 상인뿐만 아니라 고려에서 벼슬을 받은 사람도 있었지요. 고려에서 벼슬을 한 외국 사람에는 누가 있는지 볼까요?

왕삼석은 남만 사람으로 성격이 교활했는데 재능이나 기술이 없었다고 해요. 그래서 중국에 가서 남의 도움으로 겨우 살았지요. 그러다가 원나라에 있던 충숙왕에게 잘 보인 덕에 함께 고려로 올 수 있었어요. 왕삼석이 몰래 뇌물을 받고 나쁜 짓을 했어도 충숙왕은 알아차리지 못하고 총애했다고 해요.

위구르 사람인 장순룡은 제국 대장 공주를 따라 고려에 왔다가 높은 벼슬까지 오르게 되었어요. 장순룡은 고려에서 사치스럽게 지냈다고 해요. 많은 돈을 들여 집을 지었는데 사치스럽게 쌓아 올린 담을 보고 장씨네 담이라고 불렀대요. 장순룡처럼 공주를 따라 들어온 외국 사람들은 세력을 지키고자 다툼을 벌이고, 원과의 관계

를 이용해서 백성들에게 행패를 부리기도 했지요.

위구르 사람인 설장수도 홍건적의 난을 피해 아버지를 따라 고려로 왔어요. 설장수는 22세 때 과거에 급제해서 벼슬을 받았지요. 몽골 어와 중국어를 잘해서 고려와 여러 나라를 오가면서 외교를 맡아보았어요. 공민왕 때부터 조선 정종 때까지 벼슬 생활을 했답니다.

그 밖에도 많은 외국 사람이 고려에서 벼슬을 하며 살았어요. 아주 오래전인 고려 때에도 외국 사람이 많이 살았다니 신기하지요?

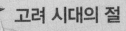

고려 시대의 목조 건물이 아직 남아 있다고요?

　고려와 조선 초의 기록을 보면 개경에는 사람이 사는 집보다 절이 더 많다는 이야기가 있어요. 아쉽게도 고려의 절은 외적의 침입으로 거의 사라졌지요. 하지만 오랜 세월을 지켜 온 봉정사 극락전과 부석사 무량수전에서 고려의 목조 건물을 만나 볼 수 있답니다.

　경상북도 안동에 있는 봉정사는 신라 문무왕 때인 672년에 의상 대사의 제자인 능인 대사가 세웠다고 전해져요. 봉정사 극락전은 공민왕 때인 1363년에 첫 수리를 했다는 기록이 남아 있어요. 통일 신라 시대 건축 양식을 이어받은 고려 시대의 건물로 우리나라에서 가장 오래된 목조 건물 가운데 하나랍니다.

　경상북도 영주에 있는 부석사는 신라 문무왕 때인 676년에 의상 대사가 왕의 명령으로 세운 절이에요. 부석사 무량수전 뒤에는 '부석'이라고 부르는 바위가 있어요. 부석은 공중에 떠 있는 돌이라는 뜻으로, 이 바위에 얽힌 재미있는 이야기가 《삼국유사》에 전해져요.

의상 대사가 당나라에서 유학을 마치고 귀국할 때 그를 좋아한 여인 선묘가 용으로 변해 봉황산까지 따라와서 보호해 주었다고 해요. 봉황산에는 산적 500명이 있었는데 용이 된 선묘가 바위로 변해 산적의 무리를 물리쳤다고 해요. 절을 지을 수 있게 도와준 것이지요. 그래서 절 이름을 부석사로 지었다고 전해진답니다.

고려 시대에 세워진 부석사 무량수전은 우왕 때인 1376년에 다시 지었다는 기록이 남아 있어요. 부석사 무량수전은 봉정사 극락전과 함께 우리나라에서 가장 오래된 목조 건물 가운데 하나로 그 가치를 인정받고 있답니다.

나전 칠기

바다에서 건져 올린
조개껍데기의 아름다움

고려 시대 나전 경함

2014년 7월, 국립 중앙 박물관은 고려의 나전 경함을 공개했어요. 나전 경함은 나전 기법으로 제작한 경함이에요. 나전은 조개껍데기를 붙여 무늬를 박아 넣는 공예로, 나전을 흔히 자개라고도 해요. 경함은 불교 경전을 넣는 네모난 통을 말하고요. 이 고려 나전 경함은 그동안 일본에 있다가 우리나라로 돌아왔어요. 지금까지 알려진 고려 시대의 나전 경함은 총 8점이었는데, 모두 해외에 있기 때문에 우리나라에서는 그동안 볼 수 없었어요. 하지만 알려지지 않았던 아홉 번째 나전 경함이 우리나라로 들어오게 된 거예요. 고려 나전 경함이 공개되자 그 아름다운 모습에 모두 감탄했답니다.

고려의 나전 기법은 섬세하고 아름답기로 유명했어요. 나전이 처음에 어떻게 생겼는지는 전해지지 않지만, 중국에서는 당나라 때 매우 유행했다고 해요. 우리나라에 전해진 것은 삼국 시대로 알려져 있고요. 그 뒤 고려 시대에 나전 기법이 크게 발달하면서 고려청자와 함께 대표적인 공예가 되었지요. 그래서 원나라나 다른 나라에서도 인기가 많았답니다.

나전 칠기는 나무로 만든 물건에 옻칠을 한 다음 그 위에 조개껍데기를 붙여 무늬를 넣은 것을 말해요. 나전 칠기에는 경함뿐만 아니라 화장합, 문방구, 그릇 등 다양한 공예품이 있지요.

나전 칠기를 만들 때 조개껍데기를 얇게 갈아서 장식에 썼는데 이렇게 얇게 갈아 만드는 박패법은 당시 고려만의 기술이었다고 해요. 박패법 말고도 고려 시대 나전 칠기의 특징으로는 금속선이 있어요. 나전 칠기의 무늬와 무늬 사이의 경계선이나 덩굴줄기를 표현할 때 금속선을 써서 더 세밀하게 표현했지요. 나전 칠기는 고려 시대부터 활발하게 제작되어 조선 시대를 거쳐 오늘날까지 전해 오고 있답니다.

고려 공예품의 꽃

고려 시대에는 은입사 기법이 발달했어요. 은입사 기법은 청동이나 철, 구리 등 금속 그릇 표면에 홈을 파고 은을 얇게 입힌 실로 장식하는 기법을 말해요. 도자기의 상감 기법과 나전 칠기와 비슷해요. 은입사 기법은 섬세한 작업이기 때문에 숙련된 기술이 필요하지요.

고려 시대의 은입사 기법은 불교 공예품을 중심으로 크게 발전했어요. 은입사 기법을 잘 보여 주는 작품으로는 청동 은입사 포류 수금문 정병이 있어요. 정병은 원래 맑은 물을 담아 두는 병으로 승려가 지녀야 할 물건이었는데 점점 부처에 바치는 물을 담는 그릇이 되었지요.

청동 은입사 포류 수금문 정병은 고려 시대 청동 은입사 정병 가운데 가장 아름다운 작품으로 뽑히

국보 제92호인
청동 은입사 포류 수금문 정병

고 있어요. 푸른 청동과 어우러진 은입사 무늬가 아름답게 조화를
이루고 있지요. 정병에는 버드나무와 오리, 조각배를 탄 사람 등 한
폭의 그림 같은 풍경이 표현되어 있어요.

아름다운 은입사 기법을 보여 주는 작품이
또 있어요. 바로 청동 은입사 수반이랍니다.
수반은 세숫대야처럼 둥글넓적한 그릇을
말해요. 이 청동 은입사 수반의 바닥에는
큰 여의주를 중심으로 두 마리 용이 서로 반
대 방향으로 작은 여의주를 잡으려는 듯한 모습이

청동 은입사 수반

새겨져 있어요. 여백에는 덩굴무늬가 새겨져 있고요. 청동 은입사
수반은 당시 고려 귀족의 풍요로운 삶을 보여 주기도 한답니다. 주
로 왕실이나 절에서 의식을 할 때 쓰였던 것으로 추정하고 있어요.

정병이나 수반 외에
도 은입사 기법은 향로
나 주전자 등 많은 공예
품에 사용되어 고려 시
대의 공예품을 아름답
게 장식해 주었답니다.

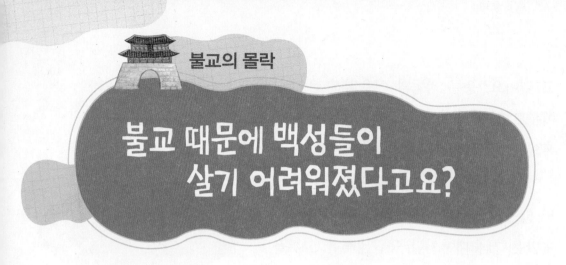

불교의 몰락

불교 때문에 백성들이 살기 어려워졌다고요?

많은 땅을 차지하려고 권문세족이 부린 횡포를 기억하지요? 그런데 권문세족만큼이나 많은 땅을 가지고 있던 곳이 있었어요. 바로 절이랍니다.

태조 왕권은 불교를 고려의 종교로 정했어요. 왕실과 귀족에게서 전해진 불교는 백성들에게 널리 알려졌지요. 백성들은 지치고 힘들 때마다 불교에 기대어 위로를 받았어요. 그래서 불교의 영향은 점점 더 커졌어요. 절의 규모도 점점 커지고 절의 수도 늘어났어요. 불탑과 불상을 만들며 불교 예술도 발달했지요.

고려 말로 갈수록 나라에서는 무리해서 절을 짓고 연등회와 팔관회 같은 불교 행사를 자주 열었어요. 이러한 행사를 하려면 돈도 아주 많이 들었지요. 그래서 불교 행사는 고려 경제에도 영향을 끼쳤어요. 백성과 고려 왕실의 살림은 점점 어려워졌어요.

왕과 귀족은 절에 땅을 바쳤어요. 절의 땅은 점점 늘어나서 큰 농

장이 되었지요. 이 땅은 고려 왕실이 세금을 거두는 땅의 6분의 1이
나 차지하고 있었어요. 그런데 절은 세금을 내지 않아 고려의 경제
상태가 그만큼 어려워지게 되었지요.

　절에서는 농장에서 난 농작물을 백성들에게 빌려 주었어요. 그
대신 돌려받을 때 높은 이자를 받았지요. 백성들은 이자를 갚느라
고생했답니다.

　결국 고려의 절은 점점 백성을 위로하는 것이 아니라 고통스럽게
하고 피해를 주었어요. 이런 상황이 계속되자 불교가 고려를 망하게
한다고 주장하는 사람들이 나오게 되었답니다.

문익점은 목화씨를
왜 들여왔을까요?

　고려 백성들은 주로 삼베옷을 입었어요. 삼베옷은 성기고 얇아서 여름에는 시원하지만 겨울에는 몹시 추웠어요. 왕족이나 귀족은 비단옷이나 가죽옷을 입어 따뜻하게 지낼 수 있었지만, 일반 백성에게 비단이나 가죽은 너무 비쌌어요. 이런 백성들의 생활에 큰 변화를 일으킨 것이 있었어요. 바로 목화의 재배였어요.

　어느 날, 원나라에 사신으로 간 문익점은 길가에 심어져 있던 목화를 보았어요. 목화에서는 솜을 얻을 수 있었지요. 솜으로 실을 뽑아 무명 옷감을 만들어 옷을 해 입을 수 있었어요.

문익점은 원에서 목화씨 10여 개를 가지고 고려로 돌아왔어요. 붓두껍에 숨겨서 몰래 들여왔다는 이야기가 유명하지만 이 이야기가 사실인지 아닌지는 확실하지 않대요. 어쨌든 문익점이 목화씨 10여 개를 고려로 가져온 것은 사실이랍니다.

문익점은 장인 정천익과 목화씨를 자라게 하려고 애를 썼어요. 하지만 날씨가 덥고 비가 많이 내리는 곳에서 자라는 목화는 우리나라와 잘 맞지 않아서 쉽게 싹을 틔우지 못했지요. 결국 10여 개 가운데 하나만 살아남아 100여 개의 씨를 얻을 수 있었어요. 이 100여 개의 씨로 목화를 재배할 수 있게 된 거예요.

그런데 문익점은 목화를 얻기는 했지만 목화로 어떻게 옷을 만드는지는 몰랐어요. 다행히도 때마침 원에서 온 승려 홍원에게 목화에서 실을 뽑고 천을 짜는 법을 배울 수 있었어요. 덕분에 백성들은 더는 삼베옷으로 겨울을 나지 않아도 되었답니다. 따뜻한 솜이불도 덮을 수 있게 되었고요.

목화씨를 가져온 문익점은 큰 벼슬을 받았답니다. 백성들을 크게 이롭게 했다고 나라에서 인정받은 거예요. 그만큼 목화씨가 가져온 변화가 얼마나 대단했는지 알 수 있어요.

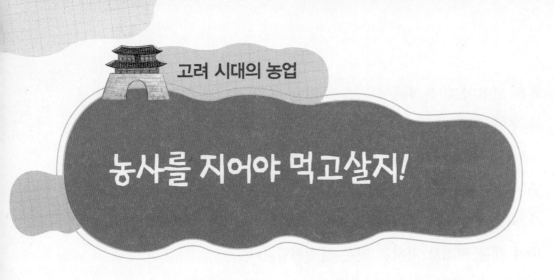

농사를 지어야 먹고살지!

고려의 백성들은 농사를 지어 먹고살았어요. 고려 말에는 전쟁이 자주 일어나 땅이 망가져서 살기 힘들었지만, 백성들은 열심히 농사를 지어 고려의 농업은 점점 발전할 수 있었답니다.

고려 말에 이암은 원나라에서 《농상집요》라는 책을 들여왔어요. 《농상집요》는 1286년에 농사를 짓는 법에 대해 쓴 책이에요. 《농상집요》를 참고해서 농민들은 농사를 더욱 잘 지을 방법을 연구할 수 있었답니다.

고려 말에는 소를 이용해 밭을 가는 심경법도 널리 퍼졌어요.

"소를 몰아서 밭을 갈면 더 깊이 갈 수 있다네."

한 땅을 번갈아 가며 농사짓는 윤작법도 퍼졌지요. 농사를 지을 때 땅 전체에 농사짓는 것이 아니라 일부 땅을 쉬게 하고, 다음 해에는 전해에 쉬게 한 땅에 농사짓고 나머지 땅은 쉬게 하는 거예요.

또한 목화가 들어오면서 백성들은 목화 농사에도 힘을 썼어요.

"목화 농사가 잘되어야 솜이불을 만들 수 있을 텐데 말이야."

"올해 목화 농사가 풍년이 되도록 빌어야겠어."

목화 농사가 잘되어야 그해 겨울을 따뜻하게 보낼 수 있어 목화 재배는 중요한 농사였지요.

백성들에게 농사는 으뜸으로 중요한 것이었어요. 그래서 농사를 어떻게 하면 잘 지을지 항상 연구하고 시도했어요. 이렇게 오랜 세월 동안 연구한 끝에 현재 우리가 먹는 맛있는 곡식을 얻을 수 있게 된 것이랍니다.

적의 제도

특별한 날에만 입는 왕비의 옷

오늘은 궁궐에서 행사가 열리는 날이에요. 이야, 왕비가 입고 있는 옷이 정말 화려하고 예쁘네요. 그런데 왕비가 입고 있는 옷은 평소에는 볼 수 없던 옷이에요. 왜 다른 옷을 입은 것일까요?

행사를 맞이해서 왕비가 입은 옷은 바로 적의였어요. 예를 갖추어야 하는 특별한 날에만 입는 예복이었지요. 우리나라에서 적의를 언제부터 입기 시작했는지 알아볼까요?

공민왕 때인 1370년에 명나라 태조의 황후인 효자 황후는 고려 왕비에게 적의를 보내왔어요. 명에서 들어온 적의는 청색 바탕에 꿩 무늬를 화려하게 수놓은 것으로 혁대나 옷에 겹쳐 입는 천과 같은 장식이 포함되어 있었답니다. 적의를 입는 제도는 송나라의 황실 제도에 따른 것이었어요. 이때부터 고려 왕비는 중요한 날이면 적의를 입었어요.

적의는 법복, 관복, 명복, 예복이라고도 불러요. 왕비나 왕세자빈의 혼례인 가례 때나 궁중의 행사, 연회 등에 입었지요. 특별한 날에 입는 옷인 만큼, 적의는 장식을 화려하게 했어요.

　고려 말에 들어온 적의 제도는 조선을 거쳐 대한 제국까지 이어졌답니다. 적의 제도는 대한 제국까지 다섯 차례나 바뀌었는데, 대한 제국 때에는 다시 명의 적의 제도를 그대로 따랐다고 해요.

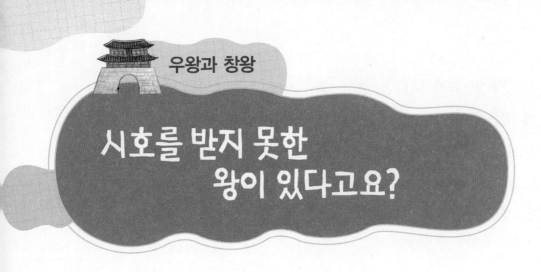

우왕과 창왕

시호를 받지 못한 왕이 있다고요?

　고려 말의 왕들은 '충' 자 돌림이나 '공' 자 돌림의 시호를 썼어요. 충렬왕이나 공민왕처럼 말이에요. 그런데 그렇지 않은 두 왕이 있었어요. 바로 제32대 왕 우왕과 제33대 왕 창왕이었지요. 왕으로 인정받지 못했던 우왕과 창왕은 시호를 받지 못했어요. 그 까닭은 무엇이었을까요?

　우왕은 공민왕과 신돈의 시녀 반야 사이에서 태어났어요. 공민왕이 세상을 떠난 다음 10세의 나이로 왕위에 올랐지요. 그런데 우왕은 요동 정벌을 하려다가 도리어 이성계에게 반역을 당하고 왕위에서 물러나고 말았어요. 귀양을 간 우왕의 뒤를 이어 아들인 창왕이 왕위에 올랐는데, 이때 창왕의 나이는 겨우 9세였어요.

　그런데 우왕과 창왕에게 좋지 않은 소문이 돌기 시작했어요.

　"우왕이 공민왕의 아들이 아니라 신돈의 아들이라며?"

　"글쎄, 신돈이랑 시녀 사이에서 낳은 아들이라네."

우왕의 아버지가 공민왕이 아닌 신돈이라는 소문이었어요. 그렇게 되면 창왕도 신돈의 손자가 되는 거예요. 이성계는 이 소문을 평계 삼아 창왕을 몰아내고 귀양 보냈어요. 이성계가 아무리 권력을 가지고 있다 해도 명분 없이 왕을 몰아낼 수는 없었지요. 그러던 차에 좋은 평계가 생긴 거예요. 결국 우왕과 창왕은 이성계에 의해 죽임을 당했어요.

이와 같이 우왕과 창왕은 신돈의 자손이라는 소문 때문에 왕으로 인정받지 못했어요. 그래서 시호도 받지 못했답니다.

왜구를 물리친 최영 장군

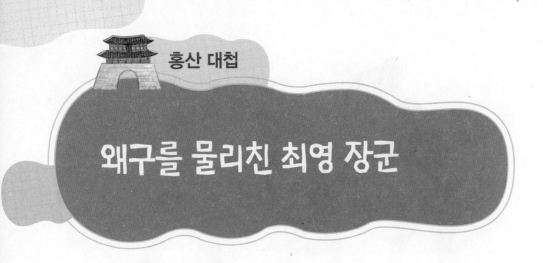

　고려는 홍건적의 침입뿐만 아니라 왜구의 침입에도 시달려야 했어요. 왜구는 일본 해적을 말해요. 왜구는 명나라와 고려의 해안가로 쳐들어와 식량을 가져가는 등 약탈을 일삼았어요. 명이 대대적으로 왜구를 몰아내자 왜구는 고려로 몰려왔지요. 처음에는 경상도 해안에 나타나기 시작한 왜구는 전라도 지역으로 점점 범위를 넓혔고 나중에는 개경에까지 나타났어요. 왜구의 잦은 침입으로 백성들의 피해는 점점 심각해졌어요.

　"아이고, 왜구가 내 집을 홀랑 태워 버렸으니 이제 어디서 산단 말이냐."

"곡식을 모조리 다 털어 갔으니 당장 먹을 것도 없구나."

왜구가 지나간 곳은 모두 불에 타 폐허가 되었어요. 빈터가 되어 가시덤불이 길을 덮은 마을이 많아졌지요.

1376년, 고려의 장군이었던 최영은 더는 가만있을 수 없었어요. 우왕에게 전투에 나가게 해 달라고 스스로 청했어요.

"장군의 마음은 알겠으나 나이도 있으니 전투에는 나가지 않는 것이 좋겠소."

우왕은 나이가 든 최영이 걱정되어 말렸어요. 하지만 결국 허락을 받아 낸 최영은 왜구가 침입한 충청도 홍산에서 왜구를 모두 무찔렀어요. 그 뒤로 왜구들은 최영을 두려워했답니다.

최영의 홍산 대첩은 최무선이 화포로 이긴 진포 대첩, 이성계의 황산 대첩, 정지의 남해 대첩과 함께 왜구를 크게 물리친 고려 시대의 대표적인 전투랍니다.

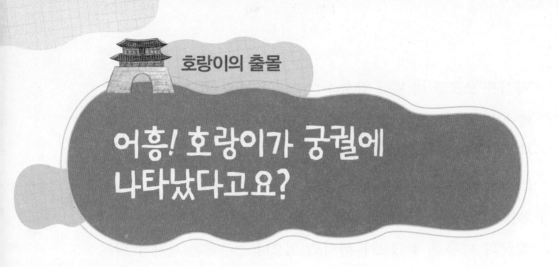

어흥! 호랑이가 궁궐에 나타났다고요?

　고려 시대에는 호랑이가 많은 피해를 주었어요. 그것도 사람들이 사는 성 안에 들어와 해를 끼쳤지요. 호랑이 때문에 백성들은 매일같이 벌벌 떨어야 했어요.

　"건넛마을 이 씨네 닭들을 호랑이가 다 잡아먹었다는구면."

　"아랫마을 최 씨는 호랑이가 아들을 물어 가 버렸대."

　"호랑이가 무서워서 밖을 못 돌아다닐 지경이야."

　심지어 호랑이는 궁궐에까지 나타났어요. 성 안의 모든 사람이 호랑이가 무서워 잠도 못 잘 상황이었지요. 백성들을 괴롭히는 호랑이를 잡을 생각에 고려 왕들은 골치가 아팠어요.

　그런데 이렇게 골치 아픈 호랑이를 잡은 장군이 있었어요. 바로 이성계였지요. 1375년, 이성계는 덩치가 큰 호랑이를 활로 쏘아 잡았어요. 우왕은 호랑이를 잡은 이성계에게 상으로 저고리 한 벌을 내렸다고 해요.

이성계뿐만이 아니에요. 군만이라는 사람도 호랑이를 활로 쏘아 죽였지요. 군만은 아버지를 잡아먹은 호랑이를 잡아 호랑이의 배 속에서 아버지의 뼈를 찾아 장사를 정성껏 지내 주었다고 해요.

이렇듯 호랑이에 관한 기록은 고려의 역사 속에서 어렵지 않게 찾아볼 수 있답니다. 성 안으로 호랑이가 들어온 것은 충렬왕 때 13번, 충선왕, 충숙왕, 우왕 때 2번씩, 충혜왕 때 3번, 충목왕 때 1번, 공민왕 때 5번이라고 기록되어 있거든요.

지금 길거리에 호랑이가 어슬렁어슬렁 다니고 있다고 상상해 보세요. 생각만 해도 으스스하지 않나요?

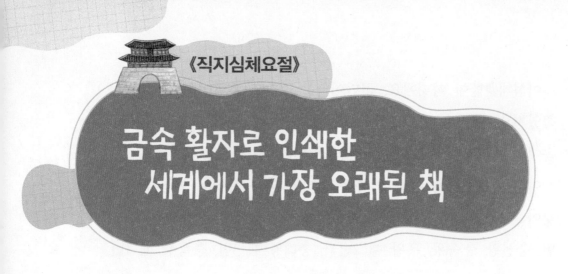

금속 활자로 인쇄한 세계에서 가장 오래된 책

　세계에서 가장 오래된 금속 활자본은 무엇일까요? 바로 고종 때인 1234년에 금속 활자로 찍어 냈다는 《상정고금예문》이에요. 지금은 남아 있지 않아 이규보가 1241년에 펴낸 《동국이상국집》에 《상정고금예문》을 금속 활자로 찍어 냈다는 기록이 전해질 뿐이지요.

　그래도 우리나라가 세계에서 가장 오래된 금속 활자본을 찍어 낸 사실은 변하지 않아요. 바로 《직지심체요절》이 있으니까요. 1377년에 금속 활자로 찍어 낸 《직지심체요절》은 현재 전하는 세계에서 가장 오래된 금속 활자본이랍니다. 2001년에 그 가치를 인정받아 유네스코 세계 기록 유산으로도 지정되었지요.

　《직지심체요절》의 원래 이름은 《백운화상초록불조직지심체요절》이에요. 이름이 너무 길어서 《직지심체요절》이라고 줄여서 부르게 된 것이지요. 직지심체는 불교의 수행 중 하나인 참선을 통해 사람의 마음을 바르게 볼 때 그 마음의 본성이 곧 부처의 마음이라는 것을 깨닫게 된다라는 뜻이에요. 《직지심체요절》은 백운 화상이라고도 불리는 승려 경한이 부처와 승려의 말씀이나 편지 등의 내용을 모아 엮은 책이에요. 이것을 백운 화상이 세상을 떠난 후, 그의 제자들이 금속 활자로 찍어 냈어요. 스승의 가르침을 세상에 널리 알리기 위함이었지요. 이 책은 승려들이 공부할 때 학습서로 쓰였답니다.

《직지심체요절》은 원래 상하 2권으로 되어 있는데 현재는 하권만 남아 있어요. 그런데 아쉽게도 지금 우리나라에 있지 않고 프랑스 국립 도서관에 있지요. 1886년에 우리나라에서 외교관으로 근무하던 콜랭 드 플랑시가 《직지심체요절》을 수집해서 프랑스로 돌아갔기 때문이랍니다.

최무선은 화약을
왜 만들었을까요?

왜구의 잦은 침입을 받은 고려에게는 바다에서 침입하는 왜구에 맞서 싸울 새로운 무기가 필요했어요. 바로 화약이었지요. 그런데 고려에는 화약을 만드는 기술이 없었어요. 그래서 명나라에 화약 만드는 기술을 알려 달라고 요청했어요. 하지만 그 당시 명은 화약 만드는 방법을 비밀로 하고 있었기에 알려 주지 않았지요.

"내가 직접 화약을 만들어 보리라!"

최무선은 직접 화약 만드는 법을 알아내려고 노력했어요. 하지만 최무선이 만든 화약은 늘 실패했지요. 그러던 어느 날, 최무선은 화약 만드는 법을 아는 중국 사람 이원을 만나게 되었어요.

"제발 저에게 화약 만드는 법을 알려 주십시오."

"화약 만드는 법은 나라의 비밀이라 알려 줄 수 없소."

이원이 거절하자 최무선은 다시 한 번 간곡하게 부탁했어요. 결국 최무선의 정성에 감동한 이원은 화약 만드는 법을 알려 주었어요. 최무선은 그 방법을 토대로 화약을 여러 번 만들어 본 끝에 강력한 화약 무기를 개발할 수 있었답니다.

"이제 이 화약 무기로 왜구를 물리칠 수 있다!"

1377년, 최무선은 고려 조정에 건의해서 화약 무기를 만드는 화통도감을 만들어 책임자가 되었어요. 그리고 본격적으로 화약 무기를 만들기 시작했어요.

1380년, 왜구가 500여 척의 배를 끌고 지금의 군산에 해당하는 진포로 쳐들어왔어요. 고려군의 배는 고작 100여 척이었지요. 전투에 나간 최무선은 화포를 쏘아 왜구의 배를 불태워 버렸어요. 최무선의 화약으로 엄청난 성과를 거두게 되었지요.

최무선은 화약 제조법을 책으로 남겨 아들인 최해산에게 물려주었어요. 최해산은 아버지의 뒤를 이어 화약을 개발하고 발전시켜 나갔지요. 화약은 조선 시대까지 이어져 중요한 무기가 되었답니다.

요동 정벌

명을 먼저 공격하라!

명나라의 터무니없는 조공 요구에 우왕은 골치가 아팠어요. 그런데 이번에는 명이 철령 이북 땅이 자기네 땅이라며 내놓으라고 하는 것이 아니겠어요? 철령 이북 땅은 공민왕 때 되찾은 쌍성총관부가 있던 곳이었지요.

"철령 이북 땅을 내놓으라니! 이런 억지가 어디 있단 말이냐."

"이번 기회에 명을 먼저 공격하는 것이 어떻겠습니까?"

최영은 명을 먼저 공격하자고 주장했어요. 이참에 철령 이북 땅뿐만 아니라 요동까지 공격하자고 주장했지요.

하지만 이성계는 네 가지 이유를 들며 요동 정벌을 반대했어요.

〈사불가론〉

첫째, 작은 나라가 큰 나라를 치는 것은 옳지 않습니다.
둘째, 요동 정벌을 틈타 왜구가 침입할 염려가 있습니다.

셋째, 지금은 농사철이라 군사를 동원하기가 어렵습니다.
넷째, 장마가 시작되면 무기가 녹슬고 전염병이 돌 위험이
　　　큽니다.

　그럼에도 우왕은 최영과 함께 요동 정벌을 나서야 한다고 주장했
어요. 이성계는 어쩔 수 없이 군사를 이끌고 요동 정벌을 하러 길을
떠났어요. 최고 사령관은 최영
이었지만 최영은 우왕의 곁에
남아 있었기 때문에 실제 사
령관은 이성계와 조민수인 셈
이었지요.

위화도 회군

군사를 돌려라!

이성계는 어쩔 수 없이 길을 나섰지만 속으로는 여전히 요동 정벌을 반대하고 있었어요. 어느덧 이성계가 이끄는 군사는 압록강에 있는 위화도에 도착했어요.

"아니, 강물이!"

요동을 정벌하려면 강을 건너야 했는데 비 때문에 강물이 불어 있었어요. 이성계는 위화도에서 머무르며 우왕에게 돌아가겠다고 청을 올렸어요. 하지만 우왕은 허락하지 않았어요. 그러자 이성계는 왕명을 어기고 개경으로 돌아가자고 조민수를 설득했어요. 결국 이성계와 조민수는 군사를 이끌고 개경으로 돌아갔지요. 이 사건을 위화도에서 발걸음을 돌렸다 하여 '위화도 회군'이라고 부른답니다.

왕명을 어긴 이성계는 이미 반역자나 다름없었어요. 이성계는 요동 정벌을 위해 얻은 군사를 끌고 개경에서 전쟁을 일으켰어요. 최영이 이성계와 맞서 싸웠지만 요동 정벌군으로 군사를 내준 탓에

최영의 군사는 별로 없었어요.

싸움은 이성계의 승리로 돌아갔지요.

개경을 장악한 이성계는 최영을 귀양
보내고 우왕도 왕위에서 물러나게 했어요.
이제 고려의 권력은 이성계가 쥐게 되었지요.

왕이 되고 싶었지만 사람들의 시선을 의식한
이성계는 우왕의 아들인 9세의 창왕을 왕위에
올렸어요. 반역을 저지르고 왕이 되었다는 소
리를 듣지 않기 위해서였지요. 이성계는 자신
을 지지하는 신진 사대부와 함께 차근차근
개혁을 준비해 나갔답니다.

새 나라를 세울 준비를 하다!

위화도 회군으로 왕을 몰아내고 고려의 권력을 잡게 된 이성계는 누구일까요?

이성계는 훌륭한 장군이었어요. 어려서부터 활 쏘는 기술과 무예를 익혔지요. 특히 활 솜씨가 뛰어나서 까마귀 여러 마리를 한 번에 맞힌 적도 있었어요. 개경에서 먼 철령 이북 지역 출신인 이성계는 공민왕이 쌍성총관부를 되찾으려 세웠던 계획 덕분에 처음으로 이름을 알리게 되었어요. 그때 20세였던 이성계는 아버지 이자춘과 함께 쌍성총관부를 되찾는 것을 도왔지요.

그 뒤로 이성계는 왜구를 무찌르고 홍건적을 몰아내는 등 수많은 전투에서 공을 세우며 신흥 무인 세력으로 떠오르게 되었어요. 특히 우왕 때인 1380년 9월에 전라도 황산에서 벌어진 전투에서 이성계가 이끈 군대가 크게 이기며 뛰어난 장군으로 이름을 널리 알리게 되었어요. 이 전투를 황산 대첩이라고 부른답니다.

"이성계 장군이 그렇게 대단하다며?"

"이성계 장군이 나가서 지는 전투가 없대."

이성계의 이름은 사람들의 입에 오르내렸지요. 이름을 떨친 이성계는 고향인 철령 이북에서의 기반도 단단했고 언제든 사람들을 모을 수 있는 권력도 있었어요. 이성계의 앞날은 탄탄대로로 무서울 것이 없었지요.

신진 사대부의 지지를 받으며 권력을 손에 넣은 이성계는 권문세족의 힘을 약하게 만들고 자신이 이끄는 개혁에 반대하는 사람들을 몰아냈어요. 그리고 새로운 나라 조선을 세울 준비를 해 나갔답니다.

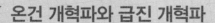

신진 사대부는 왜 두 파로 나뉘었을까요?

성리학의 영향을 받은 신진 사대부들이 새로운 세력으로 떠올랐어요. 신진 사대부는 불교가 고려를 망하게 한다고 주장했어요. 정몽주는 불교를 두고 이렇게 말했어요.

"유교의 가르침에는 일상생활에 필요한 도리가 있지만 불교는 그렇지 않습니다. 홀로 바위 위에 앉거나 굴에 들어가 도를 닦는다고 하니 어찌 보통 사람들이 평상시에 할 수 있는 도란 말입니까?"

신진 사대부는 유교를 바탕으로 개혁을 해야 한다고 주장했어요. 이성계가 권력을 잡자 신진 사대부는 이성계를 지지하며 개혁을 도왔어요.

"새로운 세상을 만들려면 새 나라가 들어서야 할 것이오!"

이들은 급진 개혁파였어요. 급진 개혁파는 새로운 왕으로 새 왕조를 세워야 한다고 주장했지요. 급진 개혁파에는 정도전과 조준 등이 있었어요.

"어찌 고려를 버리고 새로운 나라를 만든단 말이오. 개혁은 고려 안에서 이루어져야 하오!"

하지만 온건 개혁파의 주장은 달랐어요. 온건 개혁파는 고려를 그대로 두고 개혁만 해야 한다고 주장했지요. 온건 개혁파의 대표적인 인물로는 정몽주가 있었어요.

새로운 왕을 세워 새 나라를 일으켜야 한다고 주장하는 급진 개혁파와 개혁은 하되 고려 왕조는 그대로 지켜 나가야 한다는 온건 개혁파 사이에서 다툼이 일어났어요.

결국 급진 개혁파는 새 왕조를 반대하는 온건 개혁파를 몰아내기 시작했어요. 이색은 이성계를 반대했다가 귀양을 가게 되었어요. 길재는 이성계가 권력을 잡자 스스로 벼슬을 그만두고 시골로 내려가 버렸지요. 온건 개혁파의 힘은 점점 약해졌고 결국 이성계를 반대할 수 없게 되었답니다.

내 무덤에는 풀이 자라지 않으리라!

최영은 훌륭한 장군이었지만 이성계에게는 뜻이 맞지 않아 위험한 인물일 뿐이었어요. 고려의 개혁을 앞둔 이성계는 자신의 뜻과 다른 사람들을 처단해 나갔어요. 결국 최영도 죽임을 당할 위기에 놓이게 되었지요.

이성계는 최영이 무리해서 요동 정벌을 하려 했고, 왕의 말을 우습게 여겨 권력을 탐했다는 이유를 들어 최영을 죽이려고 했어요. 그런데 이 이야기를 들은 최영은 자신을 향한 칼날 앞에서도 눈빛 하나 변하지 않고 태연하게 이런 유언을 남겼다고 해요.

"내가 평생 권력에 욕심을 가졌다면 내 무덤에 풀이 자라고, 그렇지 않다면 풀이 자라지 않을 것이다."

신기하게도 최영의 유언대로 그의 무덤에는 오랫동안 풀이 자라지 않았다고 해요. 그래서 최영의 무덤은 붉은 무덤이라고 불렸어요.

최영은 전쟁에 나가 나라를 지켜 낸 훌륭한 장군이었어요. 그런

최영이 남긴 유명한 말이 있어요.

"황금 보기를 돌같이 하라."

사실 이 말은 최영의 아버지인 최원직이 남긴 말이라고 해요. 최영은 아버지의 말을 평생 좌우명으로 삼고 되새겼지요. 실제로 최영은 높은 벼슬에도 뇌물을 받지 않고 청렴결백하기로 유명했어요. 그래서 고려의 많은 백성에게 존경을 받았답니다.

땅문서를 사흘 동안 태웠다고요?

신진 사대부는 1389년에 그동안 꿈꾸어 오던 토지 개혁을 준비했어요. 신돈은 전민변정도감을 설치하고 토지 개혁을 시도했지만 실패했지요. 신진 사대부는 다시 체계적으로 토지 개혁을 준비했어요. 땅을 정확히 파악하고 권문세족이 부당하게 빼앗은 땅문서를 개경에 모두 모아 놓고 불태워 버렸어요. 이 문서가 얼마나 많은지 사흘 동안이나 쉬지 않고 탔다고 해요.

1391년에는 과전법을 실시해서 땅을 다시 나누었어요. 관직에 따라 지정된 땅의 세금을 걷을 수 있는 권리인 수조권을 관리에게 주었지요. 과전법이 무엇인지 좀 더 자세히 알아볼까요?

당시 모든 땅의 주인은 왕이었어요. 왕의 땅에서 농사지으니 땅을 이용하는 세금을 내야 했지요. 모든 땅의 수조권은 나라가 가지고 있었답니다. 하지만 모두가 나라에 세금을 내는 것은 아니었어요.

"세금 낼 때가 되었는데 어찌 소식이 없느냐?"

"예예, 여기 있습니다. 나리!"

당시에 나랏일을 하는 관리는 지정된 땅의 세금을 받았어요. 봉급 대신 수조권을 받았지요. 수조권이 관리에게 있는 땅을 과전이라고 해요. 과전은 경기 지방의 땅에 한해서 관리에게 주었어요. 관리는 이 수조권으로 먹고살았답니다.

과전법의 시행으로 권문세족이 가지고 있는 땅은 신진 사대부와 백성에게 골고루 돌아가게 되었어요. 또한 무리한 세금을 내던 백성들은 적당한 세금만 낼 수 있게 되었답니다.

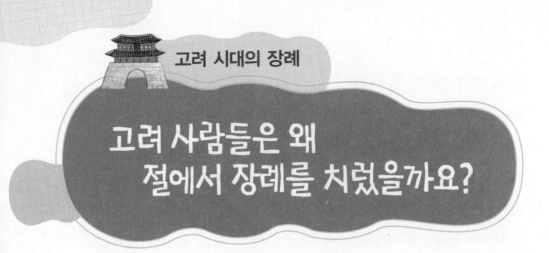

고려 시대의 장례

고려 사람들은 왜 절에서 장례를 치렀을까요?

불교 국가인 고려에서는 장례를 불교식 방법에 따라 치르는 경우가 많았어요. 사람이 죽으면 절에서 화장한 다음 제사를 지냈지요. 이때 적지 않은 재물을 절에 바쳐야 해서 일반 백성들은 절에서 장례를 치르기 어려웠어요.

화장을 하고 나면 무덤에 묻었는데 고려 초까지는 무덤 자리에 크게 신경 쓰지 않았어요. 무덤을 고향에 만들어야 한다거나 가족의 묘지에 무덤을 만들어야 한다는 제약이 없었지요. 그래서 고려 초의 지배층은 고향이 아닌 일을 하던 지역에 묻히는 일이 많았어요. 고려 말이 되자 가족의 묘지가 있는 고향 땅에 묻히는 경우가 많아졌어요. 이런 변화는 고려의 지배층이 점점 출신 지역에서 세력을 다지려는 것과 성리학이 들어와 유교식 장례를 받아들이게 된 영향도 있었어요.

유교식 예법을 받아들이려는 성리학자들은 시신을 태우는 불교식 화장을 없애야 한다고 주장했어요. 성리학자인 윤택은 1370년에 죽을 때 자식들에게 이런 말을 남겼다고 해요.

"내가 죽거든 불교식으로 화장하지 마라."

이렇게 절에서 장례를 치르는 불교식 장례는 점점 사라지고 유교식 장례가 자리 잡기 시작했답니다.

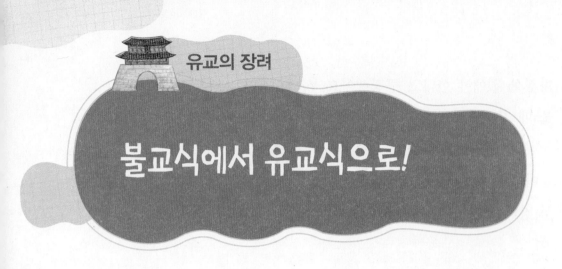

불교식에서 유교식으로!

성리학을 따르는 신진 사대부는 생활 속에서 성리학의 가르침을 실천하기 시작했어요. 불교식에서 유교식으로 변했지요. 유교를 따르기 위해서는 《주자가례》를 지키는 것이 중요했어요.

《주자가례》는 관혼상제에 대한 예법을 설명한 책이에요. '관'은 어른이 되기 위해 성인식을 치르는 것을 말해요. '혼'은 남녀가 만나 혼인하는 것을 말하지요. '상'은 사람이 죽었을 때를 말하고, '제'는 사람이 죽은 뒤에 지내는 제사를 뜻한답니다. 《주자가례》에서는 이 관혼상제를 치를 때 지켜야 할 차례와 예절을 설명해 주고 있어요.

유교식 관혼상제의 예법은 우리에게 익숙한 예법이기도 해요. 조선 시대에 이어져 내려와 생활 속에 자리 잡은 예법이니까요. 오늘날에 들어와서 많이 바뀌기는 했지만, 《주자가례》에서 이어져 내려온 방식이 많이 남아 있지요.

유교식 예법을 처음 접한 고려 사람들은 깜짝 놀랐어요.

"아니, 무슨 혼인을 하는데 이렇게 절차가 복잡해?"

"불교식으로 장례를 치르면 되는데 왜 유교식으로 해야 하지?"

유교식 예법을 따르는 것은 일반 백성들에게 어려운 일이었어요. 워낙 오랫동안 지켜 내려온 불교식 예법이 굳어진 데다가 《주자가례》를 하나하나 따라 하기가 어려웠으니까요. 예를 들어 고려의 혼인식은 간단하고 쉬웠는데, 유교식으로 바꾸면서 절차가 아주 까다로워졌지요. 그래서 백성들의 생활이 유교식으로 바뀌기까지 오랜 시간이 걸렸답니다.

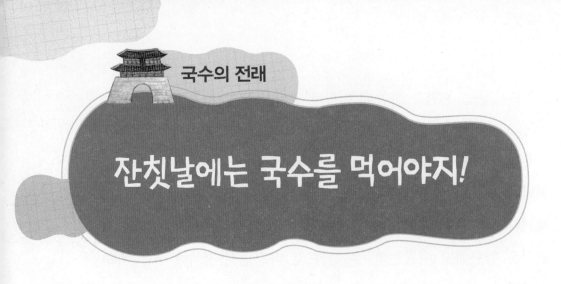

잔칫날에는 국수를 먹어야지!

오늘날에는 국수 대신 다른 음식을 먹는 경우가 많지만 결혼하는 날을 국수 먹는 날이라고 많이 불러요. 친척들이 모이는 날이면 결혼을 하지 않은 이모나 삼촌에게 언제 국수 먹게 해 줄 것이냐고 말하는 모습도 종종 볼 수 있고요. 우리나라에서 국수를 언제부터 먹기 시작했는지 알고 있나요?

국수가 처음 책에 나오는 것은 고려 때 《고려도경》에서예요. 《고려도경》은 송나라의 사신 서긍이 고려에 와서 보고 들은 것을 1123년에 펴낸 책이에요.

이 책에 따르면 고려 사람들은 제사를 지낼 때 면을 사용하고, 절에서 면을 만들어 판다고 기록되어 있어요. 고려 사람들이 국수를 접하기 시작한 것은 이때쯤이 아닐까 추측할 수 있지요.

국수를 만드는 밀가루는 중국에서 들어왔어요. 밀가루가 귀했기 때문에 가난한 일반 백성들은 국수를 즐겨 먹지 못했지요. 제사를

지내거나 특별한 행사가 있을 때에만 국수를 먹을 수 있었어요.

"내일 김 씨네 딸이 혼인을 한다는구먼."

"그래? 그럼 오랜만에 국수 맛 좀 보겠군!"

잔칫날에 국수를 먹는 풍습도 고려 시대에 생겼을 것이라 추측하고 있어요. 고려 시대에 국수는 최고의 식사 대접이었던 셈이지요.

소박한 아름다움을 지닌 도자기

고려 말에 고려청자를 만드는 가마터가 있던 전라도 강진 등의 해안가 지역에는 왜구가 자주 침입했어요. 그 바람에 도자기를 만드는 도공들은 애를 먹었지요.

"더는 여기서 도자기를 굽지 못하겠어."

결국 도공들은 가마터를 떠나 전국으로 흩어졌어요. 평생 도자기를 만들면서 살았으니 도자기 굽는 것을 그만둘 수는 없었지요. 작은 가마를 만들고 도자기를 다시 만들기 시작했어요. 하지만 육지의 흙은 해안가의 흙과는 달라 고려청자를 만들기는 어려웠어요.

도공들은 새로운 방법을 생각해 냈어요. 흙으로 빚은 후 하얀 흙인 백토

분청사기 음각 두 마리 물고기 무늬 편병

를 입히고 무늬를 장식한 다음 그 위에 유약을 입혀서 구워 냈지요. 이렇게 구운 도자기를 분청사기라고 불렀어요. 흙으로 빚은 몸체에 분을 바르듯이 백토를 입힌 도자기라는 뜻이랍니다.

도공에 따라 나름대로의 멋을 살려 만든 분청사기는 모양도 따로따로이고 새겨진 무늬도 여러 가지였어요. 분청사기는 화려하고 아름다운 고려청자와는 달리 튼튼하면서도 자연스러운 멋을 지니고 있어 일반 백성들 사이에서 인기를 끌었지요. 특히 고려 말에 나타난 신진 사대부는 화려한 고려청자보다 소박한 분청사기를 더 좋아했어요. 물고기나 나비, 버들, 꽃 등 일상에서 볼 수 있는 동물과 식물무늬가 새겨진 분청사기는 소박한 아름다움을 담고 있지요.

이렇게 고려 말부터 만들어지기 시작한 분청사기는 조선 초까지 많은 사랑을 받았답니다.

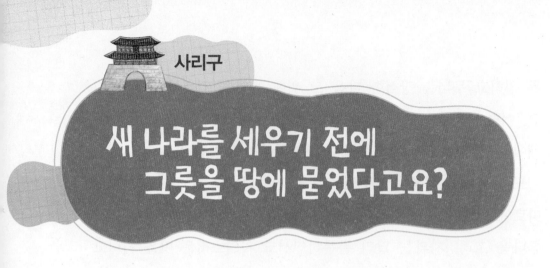

새 나라를 세우기 전에
그릇을 땅에 묻었다고요?

이성계는 새로운 나라를 세울 준비를 했어요. 그런데 이 준비에는 조금 특별한 것도 있었답니다.

1932년에 금강산 월출봉에서 사리구가 발견되었어요. 사리구는 불교에서 사리를 넣는 그릇이에요. 사리는 부처나 승려가 죽었을 때 화장한 뒤에 몸에서 나온다는 구슬같이 생긴 뼈를 말하고요. 사리를 담은 사리구는 주로 절에 있는 탑 속에 넣었지요. 그런데 땅속에서 이 사리구가 들어 있는 상자를 발견한 것이에요.

사리구에는 1391년에 이성계와 부인 강씨를 비롯한 1만여 명의 마음을 모았다고 쓰여 있었어요. 많은 사람이 왜 사리구를 땅에 묻었을까요? 이 사리구는 바로 새 나라를 세우기 전에 이성계와 이성계를 돕는 사람들의 마음을 담은 것이었어요. 새 나라를 잘 세울 수 있도록 기도한 것이지요.

새 나라를 세우려는 이성계의 의지는 경상남도 남해에 있는 금산에서도 엿볼 수 있어요. 신라 시대에 원효 대사는 이름 없는 산에 보광사라는 절을 짓고 산 이름을 보광산이라고 불렀어요. 이성계는 새 나라를 세우기 전에 보광사를 찾아가서 백일기도를 올렸지요.

"새 나라를 세우게 되면 보광사의 덕도 크니 이 산 전체를 비단으로 덮어 주겠소."

백일기도가 효험이 있었는지 이성계는 조선을 세우게 되었어요. 하지만 진짜로 산 전체를 비단으로 덮을 수는 없어서 산 이름에 '비단 금' 자를 써서 금산이라고 부르게 했어요. 이 산이 바로 남해에 있는 금산이랍니다.

이처럼 새로운 개혁을 앞둔 이성계 세력은 불교 때문에 고려가 망했다고 주장하며 성리학을 내세웠지만 여전히 불교에 의지하고 있었어요. 고려 사람들이 오랜 시간 불교에 의지한 것을 하루아침에 바꿀 수는 없었답니다.

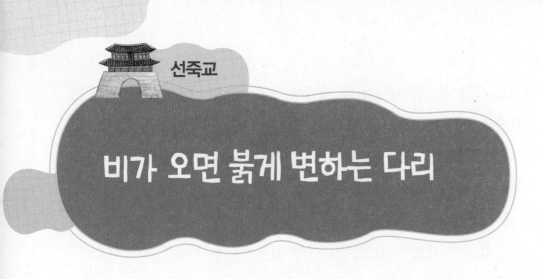

선죽교

비가 오면 붉게 변하는 다리

정몽주는 고려가 바뀌어야 하는 것은 맞지만 나라는 그대로 유지해야 한다고 주장하는 온건 개혁파였어요. 이성계의 아들 이방원은 이성계에 반대하는 온건 개혁파를 처단해야 한다고 주장했어요. 반면에 이성계는 정몽주를 어떻게 해서든 자기편으로 만들고 싶어 했지요. 정몽주는 새 나라를 세우는 데 꼭 필요한 인물이었으니까요. 그래서 이방원은 정몽주를 불러 설득하려고 〈하여가〉를 읊었어요.

이런들 어떠하리 저런들 어떠하리
만수산 드렁칡이 얽혀진들 어떠하리
우리도 이같이 얽혀서 백 년까지 누리리라.

이방원의 〈하여가〉는 함께 새 나라에서 잘 살아 보자는 뜻이 담겨 있어요. 이방원의 시조에 정몽주는 〈단심가〉로 화답했어요.

이 몸이 죽고 죽어 일백 번 고쳐 죽어
백골이 진토 되어 넋이라도 있고 없고
님 향한 일편단심이야 가실 줄이 있으랴.

정몽주는 〈단심가〉로 고려 왕조를 지키겠다는 마음을 확실히 보여 주었어요. 정몽주의 마음을 돌릴 수 없음을 알게 된 이방원은 사람을 시켜 집으로 돌아가는 정몽주를 죽였어요. 정몽주는 다리 위에서 죽임을 당했는데 그 다리 위에 피가 흐른 자리에 대나무가 솟아났다는 이야기가 전해져요. 그 후 선죽교란 이름이 붙여졌어요.

선죽교에는 지금도 정몽주가 흘린 핏자국이 남아 있다고 해요. 그래서 비가 오면 붉게 변한다고 전해져요. 이 이야기가 사실인지 아닌지 모르지만 정몽주의 고려를 향한 충정은 사실이랍니다.

제비뽑기로 왕을 뽑았다고요?

창왕을 몰아낸 신진 사대부는 누구를 왕위에 올릴지를 두고 옥
신각신 다투었어요.

"왕씨 성을 가진 정창군이 왕위에 올라야 합니다."

"아니 되옵니다. 정창군은 왕위에 알맞지 않습니다."

신진 사대부들의 의견은 계속 엇갈렸어요.

"이럴 것이 아니라 제비뽑기를 합시다."

결국 신진 사대부는 정창군을 포함해 왕씨 성을 가진 왕실 사람
가운데 몇 명을 선택해서 후보로 넣고 제비뽑기를 했어요. 나라에
서 가장 중요한 왕을 제비뽑기로 정하다니 말도 안 된다고요? 그만
큼 누가 왕이 되든 상관없다는 의미였지요.

제비뽑기로 뽑힌 사람은 정창군이었어요. 바로 제34대 왕 공양왕
이지요. 1389년에 왕위에 오른 공양왕은 할 수 있는 일이 많지 않
았어요. 고려의 모든 권력은 이미 이성계의 손에 들어갔으니 허수아

비나 다름없었거든요. 이 사실을 공양왕 스스로도 잘 알고 있었지요. 그래도 공양왕은 고려를 지키고자 노력했어요. 이성계를 몰아내려고 하기도 했지만 계획은 실패로 돌아갔지요.

정몽주가 이방원에 의해 선죽교에서 죽은 다음 공양왕은 덕이 없고 어리석다는 이유로 왕의 자리에서 쫓겨나게 되었어요. 이유와 상관없이 공양왕의 운명은 이미 정해져 있었지요.

결국 공양왕은 고려의 마지막 왕이 되었어요. 폐위되어 원주로 쫓겨났다가 2년 뒤 삼척에서 죽임을 당했어요. 공양왕뿐만 아니라 왕씨 성을 가진 왕실 사람들도 죽임을 당했지요. 왕씨 왕조의 시대는 끝이 나고 이제 이씨 왕조의 시대가 열리게 되었답니다.

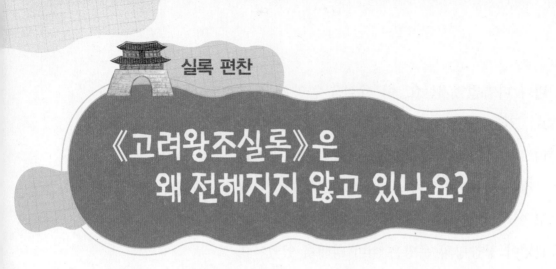

실록 편찬

《고려왕조실록》은 왜 전해지지 않고 있나요?

조선 시대를 잘 알 수 있는 역사책에는 《조선왕조실록》이 있어요. 《조선왕조실록》은 조선 왕들에게 일어났던 일을 차례대로 기록한 책이에요. 오늘날에도 조선 태조 때부터 철종 때까지 25대 472년 동안의 역사를 자세히 알 수 있지요.

그럼 《고려왕조실록》도 있을까요? 안타깝게도 《고려왕조실록》은 전해 내려오지 않고 있답니다. 현종 때인 1010년에 거란의 침입으로 궁궐이 불타 버렸어요. 이때 사관의 기록도 모조리 불에 탔지요. 사관은 궁궐에서 일어난 일을 모두 기록하는 신하예요. 역사를 알 수 있는 기록이 사라진 거예요. 이를 안타깝게 여긴 현종은 실록을 새로 만들어야겠다고 생각했어요.

"선대왕들의 자료를 모아 실록으로 편찬하라!"

현종은 태종부터 목종까지의 실록을 만들라고 명령했어요. 왕명을 받은 황주량 등은 자료를 모아 1013년부터 만들기 시작해 덕종 때인 1034년에 36권의 실록으로 완성했어요. 이것이 바로 《7대실록》이에요. 《7대실록》을 시작으로 새로운 왕이 왕위에 오를 때마다 실록이 만들어졌어요. 이렇게 만들어진 실록이 《고종실록》까지 185 권이었다고 하니 원래 있었던 실록의 전체 권수는 더욱 많았으리라 짐작되지요.

하지만 이렇게 어렵게 새로 만들어진 《고려왕조실록》은 1592년에 일본이 조선을 침입한 임진왜란 때 모두 불에 타 버리고 말았어요. 오랜 역사가 담긴 실록을 한순간에 잃고 말았지요. 《고려왕조실록》은 없지만 다행히 우리는 조선 시대에 만들어진 《고려사》와 《고려사절요》에서 고려 시대의 역사를 알 수 있답니다.

저물어 가는 고려,
떠오르는 조선

흰 눈이 잦아진 골짜기에 구름이 험하구나.
반가운 매화는 어느 곳에 피어 있는가.
날이 저물어 가는 석양에 홀로 서서 갈 곳 몰라 하노라.

이 시조는 고려의 성리학자 이색이 썼어요. 이색은 신진 사대부로 고려의 개혁을 꿈꾼 학자였지요. 하지만 고려를 멸망시키고 새 나라를 세우는 것을 바라지는 않았어요. 고려 안에서의 변화를 꿈꾸었답니다. 결국 이색은 이성계와 뜻이 맞지 않아 벼슬을 버리고 시골로 내려가 버렸어요.

이색이 지은 위의 시조에는 고려의 멸망을 바라보는 이색의 마음이 그려져 있어요. 흰 눈은 고려에 남아 있는 신하를 뜻해요. 구름은 이성계와 새로운 세력을 뜻하지요. 매화는 나라를 걱정하며 희망을 주는 사람을 뜻해요. 석양은 기울어 가는 고려를 뜻하고요.

즉, 이성계로 인한 고려의 멸망을 이야기하고 있지요. 고려가 망하는 것을 지켜보며 아무것도 할 수 없는 자신의 슬픈 처지와 안타까움을 시조로 담은 거예요.

이색뿐만 아니라 나라를 잃게 된 많은 사람이 고려의 멸망을 바라보며 슬퍼했답니다.

이렇게 918년에 태조 왕건이 세운 고려는 1392년에 공양왕을 끝으로 막을 내리게 되었어요. 약 500년 동안 이어져 내려오던 고려는 이제 저물어 가는 해였지요. 그리고 새로운 왕 이성계가 시작하는 조선의 역사가 떠올랐답니다.

금속 활자는 어떻게 만들어졌을까요?

고려 시대에는 인쇄술이 발달했어요. 팔만대장경과 같은 목판 인쇄물의 발전과 더불어 금속 활자를 이용한 인쇄가 시작되었지요. 활자는 글을 인쇄하기 위해 만든 글자판을 말해요. 금속 활자는 납이나 구리 등의 금속으로 만든 활자랍니다. 금속 활자로 찍은 《직지심체요절》로 고려의 인쇄술이 얼마나 뛰어났는지 증명되었어요.

금속 활자는 나무에 글자를 새기는 목판 인쇄에 비해 오래 보관할 수 있는 장점이 있어요. 또한 목판 인쇄는 나무판에 인쇄할 책의 내용을 모두 새겨야 하기 때문에 같은 책만 찍어 낼 수 있지만, 금속 활자는 활자를 조합해서 여러 책을 만들어 낼 수 있어 편리하답니다.

고려 시대의 금속 활자는 지금 남한과 북한에 한 글자씩 남아 전해지고 있어요. 남한의 국립 중앙 박물관에는 '복' 자가 새겨진 금속 활자가 있고, 북한의 개성 박물관에는 '전' 자가 새겨진 금속 활자가 있지요. 이 두 활자는 고려의 금속 활자 기술을 증명하는 귀중한 자료랍니다.

고려 금속 활자 '복' 자

인쇄술의 발전을 가져다 준 금속 활자를 어떻게 만드는지 알아볼까요?

금속 활자를 만드는 방법

❶ 글자본 만들기
종이에 활자로 만들 글씨를 써요. 밀랍을 녹여 만든 틀 위에 글씨를 쓴 종이를 뒤집어 붙여요. 밀랍은 벌이 벌집을 만들기 위해 만들어 내는 물질을 말한답니다.

❷ 어미자 만들기
종이의 글씨 모양을 밀랍에 새기고 한 글자씩 떼어 내요. 이 글자들을 어미자라고 부른답니다. 어미자를 밀랍 가지에 붙여 나무 모양처럼 고정시켜요.

❸ 주형틀 완성하기
틀을 만들어 어미자를 넣고 흙으로 채워요. 이 틀을 불로 달구면 밀랍이 녹아 글자 자리가 남아 있는 거푸집이 만들어져요. 이 거푸집에 쇳물을 부어 글자 자리를 채워 준답니다.

❹ 활자 떼어 내기
쇳물이 굳으면 거푸집을 깨고 가지에 달린 금속 활자를 하나씩 떼어 내요.

❺ 활자 배열하기
완성된 글자들을 인쇄할 내용에 따라 틀에 배열하고 활자가 움직이지 않게 대나무나 종이로 잘 고정시켜요.

❻ 인쇄하기
종이에 글자를 찍어 내기 위해 활자에 먹물을 묻혀요. 종이를 덮어 활자를 찍어 내면 인쇄가 끝난답니다.

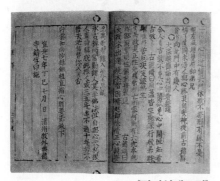

《직지심체요절》

직지 판틀(복제품)

고려 시대의 공예품에는 어떤 것이 있을까요?

고려에는 불교와 귀족 문화의 발전과 함께 뛰어난 공예품이 많이 만들어 졌어요. 나전 칠기와 은입사 기법을 이용한 공예품뿐만 아니라 화려함을 뽐내는 다양한 공예품이 고려의 뛰어난 예술성을 보여 주고 있답니다.

불교 공예품 절에 가면 커다란 범종을 볼 수 있어요. 범종은 사람들을 불러 모으거나 시간을 알리기 위해 치는 종을 말 해요. 통일 신라 시대의 모습을 이어 내려온 고려 의 범종은 점점 다양하게 변했어요. 고려 말에는 원나라의 영향으로 중국의 종을 따라 하거나 참고 한 새로운 모양의 종이 나타나기도 했지요.
불교 의식에 쓰이는 향을 피우는 그릇인 향로도 다양했어요. 고려 말에는 화려한 무늬가 전체에 새겨진 향로도 만들어졌답니다.

천흥사 동종

범종을 동종이라고도 하는데 동종은 구리로 만든 범종을 뜻하지요.

청동 촛대

고려 시대의 청동 촛대는 주로 왕족이나 귀족이 사용했답니다. 고려 시대의 촛대를 보면 초를 꽂는 부분이 매우 큰 것을 볼 수 있어요. 이는 고려 시대에 초를 만드는 기술이 부족해서 크게 만들 수밖에 없었거나 불교의 의식을 치르기 위해 일부러 크게 만들었다고 추측할 수 있어요.

청동 촛대

금동제
머리꽂이
꾸미개

장신구

고려 사람들도 귀고리를 하고 머리에는 예쁜 머리핀을 꽂았어요. 금동제 머리꽂이 꾸미개는 머리를 보기 좋게 꾸미는 떨잠의 하나예요. 움직일 때마다 장식이 조금씩 흔들린답니다. 금동으로 만든 이 꾸미개로 선조들의 정교한 솜씨와 귀족들의 화려한 생활을 엿볼 수 있어요. 또한 화려한 무늬의 팔찌나 옷에 장식하는 새, 거북, 사슴 등 다양한 모양의 장신구가 있었답니다.

고려경

유리로 된 거울이 없던 옛날에는 청동으로 된 거울이 있었어요. 청동을 갈아서 광을 내면 얼굴을 비추어 볼 수 있었거든요. 청동 거울은 청동기 시대부터 있었지만 당시에는 청동이 귀해 일부 높은 사람들만 가질 수 있었지요. 그 후 고려 시대부터 청동 거울을 사람들이 널리 쓰기 시작했어요. 고려 시대의 청동 거울을 고려경이라고 해요. 고려경의 뒷면에는 글자나 용, 봉황, 물고기 등 아름다운 무늬를 새겼답니다.

청동 신선 무늬 거울

연대표
고려(하)

1213년 고종 즉위

1231년 몽골의 침입

1342년 이제현, 《역옹패설》 지음

1344년 충목왕 즉위

1348년 개성 경천사지 10층 석탑 세움

1349년 충정왕 즉위

1388년, 위화도 회군, 창왕 즉위

1389년 공양왕 즉위

1339년 충혜왕 복위

1380년 최무선의 진포 대첩, 이성계의 황산 대첩

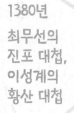

1377년 최무선, 화약 무기 제조, 《직지심체요절》 금속 활자로 인쇄

1376년 최영의 홍산 대첩

1332년 충숙왕 복위

1330년 충혜왕 즉위

1314년 만권당 세움

1232년
강화 천도,
처인성 전투

1236년
팔만대장경 제작
(1251년 완성)

1259년
원종 즉위

1351년
공민왕 즉위

1356년
쌍성총관부
되찾음

1270년
개경 환도,
삼별초의
항쟁

1359년
홍건적 침입

1273년
탐라총관부
설치

1391년
과전법 실시

1392년
고려 멸망

1362년
홍건적
물리침

1274년
충렬왕
즉위

1374년
우왕 즉위

1363년
문익점,
목화씨 들여옴

1285년
일연,
《삼국유사》
지음

1313년
충숙왕 즉위

1308년
충선왕 복위

1298년
충선왕 즉위,
충렬왕 복위

사진 협조 기관 및 저작권

이 책에 사용된 사진의 저작권은 아래의 기관에 허가를 받았습니다.
사진 허가를 해 주신 기관에 감사드립니다.

역사 new

환경

인성

생활

공부

권당 12,000원 · 각 시리즈는 계속 출간됩니다!